大雅

为一种品格注脚

周瓒,诗人、评论家、译者、编剧。1999年毕业于北京大学,获文学博士学位。2006—2007年度美国哥伦比亚大学访问学者。自大学时代发表诗歌作品,1998年与友人创办女性同人诗刊《翼》,1999年获安高诗集整理奖。出版有诗集《松开》,诗歌小册子《写在薛涛笺上》《反肖像》,诗歌论著《透过诗歌写作的潜望镜》《挣脱沉默之后》,译诗集《吃火》等。写作之余,致力于诗歌剧场实践。现任职于中国社会科学院文学研究所。

大雅诗丛

哪吒的另一重生活
Nezha De Lingyichong Shenghuo

周瓒 — 著

广西人民出版社

目　录

选自《松开》

003　影片精读十四行组诗
012　夏日短简
020　长椅上的两女生
022　张三先生乘坐中巴穿过本城
028　破碎
029　中转站
031　爱猫祭奠，或我们的一年
038　晨歌
040　大天使
041　中关村
043　童年的死
051　1995 年，梦想，或自我观察
057　隐形盾牌
061　小婷婷的爱与恼
066　此刻，给爱猫
068　翼

070	在悉尼起伏的道路上
080	阻滞
086	新雪
088	松开
090	黑暗中的舞者
094	慢
095	未名湖
097	在杨家溪
100	前年夏天在北戴河
102	她
103	私家庄园记游
105	合影
107	工地
109	匠人
110	致一位诗人，我的同行

选自《写在薛涛笺上》

113	梦死
115	高空作业
118	论梦
119	云与雪
121	这里，那里……
123	哈德逊河畔
125	纽约即兴

130　自画像
132　永恒

选自《反肖像》

135　为爱中的黑暗作
137　从前和现在的梦想
138　回家
141　历史课
144　地铁里的女士
145　盲诗人博尔赫斯如是说
146　我的国家
147　俄耳甫斯
148　灾难
150　译者
151　这么多
152　远方
153　夸父
154　反肖像

选自《云的拼图术》

159　一首诗的愿望
161　说服

163	忏悔诗
164	雪的告白
165	爱
167	密涅瓦的猫头鹰
168	诗人的功课
169	变形记
171	死在午夜降临前
174	哪吒的另一重生活
177	精卫
180	诗
181	死者之诗
182	哥本哈根的月亮
186	尤利西斯
187	决意
188	长短句
190	即兴曲
191	她出现,然后消失
193	南方
194	无题,有情
198	独角兽父亲
200	母亲与苦楝树
202	云的拼图术
210	后记

选自《松开》

影片精读十四行组诗

(Certainly To Prof. Dai Jin-hua)

基耶斯洛夫斯基:《蓝色》

忧郁的自由被写在国旗上,风中的轻盈
降落在旋律的戛然处。啊,生活的沉重
突如其来的抽象瞬间,请用空白、黑暗
用蓝色……刻画她眼中如此慑人的惊恐

安娜,快点!我倾听母亲这唯一的呼唤
又一个目击者,潜入她催命般的预感中
谁能给音乐自由、给背叛的爱情以遗嘱
谁又能给死亡以真相大白的陈述权力?

母亲、妻子、情人以及你,演员比诺什
从那方形的银屏出出入入,往何处去?
用合唱维护死亡的清白和记忆的虚假吧

现在故事圆满收场。更高的精神平复了
可能的纠葛与层出的烦扰。也许,是你
导演先生,告诉我银屏不过是一面镜子

选自《松开》

基耶斯洛夫斯基:《情诫》

爱情中的少年隐蔽在一架望远镜的弹孔
他射向黑夜的执拗被什么改变?当哭泣
失去了声音的伴奏,一切成为需要想象
的距离。啊,观看中的距离,我赞美你

我质疑你。就像窗口代表敞开,而黑夜
暗示忍耐的时间限度。可是所有故事都
需要白昼舒展她那诱惑的肢体,呈现于
观看者忐忑不安的神情中。我终未离去

正如我从那自虐的刀伤中认识了一双手
从那剪辑了的结尾看到自己观看自己的
温情和无奈。爱情中的女子找回她自己

而窥视者的勇气不是面对他的行为真相
相反,伤痕、记忆和时间的惩罚捆束他
最后,我看清一双眼蝉蜕般从屏幕淡出

基耶斯洛夫斯基:《杀诫》

比那行凶和死刑更加需要忍受的是绿色
是比绿色更难挥去的温暖,集体无意识
啊,空气昏暗、沉闷的生活、街头暴力
目击者就是你和我,参与者也是我和你

死于非命乃是命运,死于杀人导致温情
多少知情者的黄昏,被侥幸的声音掩护
杀人者和被杀者的罪孽相当,律师先生
悲悯一切吧!尽管神未出场,神被置换

而那个头发蓬乱的年轻人,他神情镇定
穿过大街小巷,目睹每一场混乱,只是
那更大的混乱由他带来;更难以忍受的

混乱来源于目击者的内心。戒律成功地
完成了它进入我们内心黑暗城池的偷袭
从这一点看,祝贺你,尊敬的导演先生

费穆:《小城之春》

黑白片时代的故事盛产怀旧的感伤泡沫
掉了磁的胶片更带来些许不现实的味道
久别重逢、意外的巧合,哦尴尬处境的
线头。这使得你变得游刃有余。穿行于

断壁残垣的家园,病体的隐喻缠绕祖国
而他们不相信这种颓唐的安排,电影史
书写着:格调不够昂扬,情绪不是主流
秋天的史册打开了它埋葬旧时代的一页

而追怀往事的声音存在,她边说边走来
走进一个封闭的家庭的衰败里,并在那
空无一人的城墙演习爱情悲欢。以醉酒

吐露真心,又以那新被发掘的深情平衡
未来的岁月。生老病死,爱情并非一切
我看见,那窈窕端庄的女主角登高望远

尼尔·乔丹:《哭泣游戏》

性别假象、恐怖活动,再加上生死友谊
煽情的悬念连着动人的 CRYING GAME
镜子中、帷幕后闪动尤物们的命定角色
死去的与活着的合谋把我们欺骗和隐瞒

它强迫我们相信一种本性:青蛙帮蝎子
过河,人与人相爱。当活动的影像一闪
而过,关于未来我们能期待什么?黛尔
现在我忍受你,将来我接受你。不过谁

在塑造你?谁在吧台前替你转述同性爱
谁在你楼下看清了窗帘上映出的真相?
当我们隔着银屏这堵光滑的墙壁窥视你

我们通过另一双眼睛看你,也看那双眼
他把你看成一个十足的女性,我却困惑
谁在唱着:当一个男人爱上一个女人……

选自《松开》

阿尔莫多瓦:《高跟鞋》

奇异地相似,两个女人,被称为母女俩
她们爱恨交织的一生,互为成长的镜像
把生之虚妄推向令人绝望的时刻、需要
忍受的时刻:但谁在制造这人生的空洞

譬如说高跟鞋敲击街道,从地下室窗内
窥听者,迭化出女歌星那张迷人的脸庞
弥散异装癖的虚假笑容。哦我所理解的
后现代神话,慢慢张开它吞噬温情的嘴

母爱、成长中必然的谎言,似乎在警告
看客们:关于来自古老寓言的洞穴神话
光从何处来?眼睛被怎样的黑暗所左右

而整个故事都在坦白地说着,以那一种
父亲的口吻:把她卖给我!由我处理她
于是她的此生堕入了憎恨和复仇的渔网

列维特:《核桃美女》*

"核桃"与"吵闹",一静一动,给予
年轻的女性亦庄亦谐的命名。咳,男人
与女人,时间中的无情和多情,青春的
慑人武器,成功地达到预言永恒的高度

但是,色彩并非永恒,倒是那场征战被
艺术地绘画出惊人的深刻。记住,不是
成长的丰收教育了下一代,相反,是那
生活的无数死亡、衰落命名了远大希望

观看焦虑达到受虐的幸福时刻,也观看
欲望达到节制美德显现的瞬间。向变得
沉默的挑战者挑剔青春和激情的鱼刺吧

或者向衰老投掷绝望的花朵,逃离色彩
和墙壁的镜中像,应该凝视透明的玻璃
镜子,直到生存的假象现出她的峥嵘貌

---

* 又译《吵闹的女人》。

选自《松开》

简·坎皮恩:《钢琴课》

当这个女子开口讲述她奇妙的爱情经历……
她那被开发的激情连同她所到过的土地
一起获得了最新的理论证明高度。就像
夜莺们歌唱着不被听懂的新词:后殖民?!

在观看的眼神齐声呼唤快乐到来的时代
她在海水宁静的体内开放成生机勃勃的
玫瑰花。谁会再去指责波涛的无情以及
音乐可能代替哑巴说假话的日日夜夜呢?

土地与女人,风景中最具表达力的象征
当她失去一根指头,在泥泞中身形颤颤
我感到她将和那片大地一同毁灭,并且

跻身俾特丽采众姐妹的行列;而当她从
绳索的圈套中撤退,裸足走进她讲述着
的故事世界,我开始怀疑起天堂的幻象

斯克特·希克斯:《钢琴师》

有如神助,你分担着一只猫的一条生命
有如神助,你把音乐从强权的父亲那里
继承,成长为摆脱不了这压抑命运的人
拉赫马尼诺夫,他这位音乐中最高的父

创造儿子们苦恼的巅峰。谁把他们引领?
遗产乃害人之物,如果不仅仅消费它们
而把"我必定会赢"注入后代人的胸中
现在,没有谁能夺取这个孩子的成功,

哪怕他自己。土星当道,无能为力者是
母亲,前来营救者也是母亲,有如神助
他的后半生消磨在絮叨的自我指认中……

这絮叨的声音代表了一种回答:不相信
而当他的手指触到琴键,又是说:相信
关于一只猫的一生我们又能知道些什么

1997.7—8

选自《松开》

夏日短简
——寄给秀南

"说真话是困难的,因为真话虽然只有一种,但它是活的,因此具有一张活生生的变幻不定的脸。"
——卡夫卡致密伦娜

(一)

就像K先生到不了城堡
夜晚分泌出许多声音　阻断她
前往睡乡　流露着
不速之客的手段　蚊子叩打
她那肢体幽闭的大门

旋风般刮过的夜行车辆
把长驱直入的古代征战
影像　拖进她的睡眠中来
那跨世纪战略中的先锋部队
正攻向城市的未来发展计划

悔教夫婿觅封侯　有人
在夜间驾驶和装卸　只是
那机器的吼叫　喘息　游走在
平静的肉体之外……"哎
虽然我早已适应"　它们

却使搬入屋檐新居的燕子
辗转反侧　她尖声的抱怨
恐慌的哀鸣　一次次
将失眠者拽回黑暗中的
清醒现实　"燕子妹妹，

这般现实我们体验已深
请学习忍受的美德　相信我
俗话说：活到老　学到老
做个安静的饱学者"　像她好邻居的
白昼　在书桌边静坐……而此刻

这位黑夜的选手　正以夺魁者的
速度　解放体内隐秘的雨季
把震天的奔跑　撞门声
印章一样　戳盖在
失眠者呓语般的长发间

正如同……梦想穿越着树枝
脚步声被天空埋葬

选自《松开》

失眠者自嘲地发现
这暗夜中的声音　使她
仅凭听觉　就已熟知万物情性

（二）

兰草花吹出的浓重香气　穿过
鼻翼深幽的隧道　正与她的
隐私的晨梦　如约相会
而她的意识在睡眠深色的
长廊里　徘徊了片刻

对她自己说着　"我已醒来，
像开放的兰草花"　花朵开放
浓香攻克昼梦的城池　带来
冰山下一丝微弱的兴奋
仿佛胜利的场景感动着将士们

回家的希望被杜甫预言了……尔后
一线敏锐的消息　打通她的
身体　像那花朵开放
温暖如春的露水　如期降临
抵达沉睡者意识的窗口　就像

一次意念中的巧合　从最深处
到最高处　必然有连接的通道

想象的钥匙　而此刻的窗外
一世界公共的玫瑰　遍体彤红地
开放　她的早晨散发甜香……

（三）

这夏天的市场　已被它们
占据　当蝉鸣勤恳的叫卖声
将错就错　把炎热当作
这个季节的永久性处理品
她不愿兜售陈年的诗稿

好像清醒对于一个醉汉　灵敏
而洒脱地　她在阴影中
保持热情　当停电的白昼
暗喻着光明无以抵达的
房间　对于一个女人的含义

咖啡因　使她那心灵的百足虫
走投无路　阳光下的激情
变得意义可疑　制造黑夜的
权力　远在一双看不清主人的
手掌　哦　心灵的百足虫四壁奔忙

对着窗外的闹市投以
倾囊一空的急切　而此刻

选自《松开》

高踞柜顶的盆景在幽暗中
闪亮着　那些兰草的茅叶间
冷嘲的花朵眼睛……

（四）

阅读乃是黑衣的天使敞开
她翅翼的大门　为什么
吴尔夫姐姐设计了一间
属于她自己的屋子　保持清醒者的
疯狂和自由　而你也懂得

为什么使你倾慕的另一位
她在自己的书桌前奋笔疾书
哦　背影　书籍
你们各自的空间互相重叠
好像镜子的本质来自假象　正是它

道出了你们的关联　盆景啊命运
而她试图从滞重的词语的
沙丘　分拣"快乐"与"欢乐"的
细小差别　辞典没有抵达的
用你们的故事兑现

且将日常生活和虚构的
重量　分搁天平两端

如同传说称量过蝙蝠的身份
她那翅膀与双足合为一体的心灵
打开了一扇通往人间朝向天堂的大门

（五）

疑惑始于白昼和黑夜考验
思念重量的时刻　电话线的
柔肠　磁卡那光洁的面颊
唤起了他几多幻想的冲动
"我已患上了写信综合症。"

哦　纸上流行的季节性感冒
倾诉的喷嚏　连着自省的咳嗽
忧伤的鼻涕　描画他
对你的相思程度　病得越深
就意味着应该荒废写信的

耐力　把一腔激情寄托在
声音那永无重复的瞬间
让说代替写　听代替读
行动代替向往　倾吐衷肠
以电话筒的好胃口

——这公共使用的机器
腔肠动物　在多情的空间里

选自《松开》

向令人尊敬的哈贝马斯先生
致意　"你使我那后现代的
情人　找到了消费诺言的借口"

一闪而逝的激情啊　吻合着
她们的意图　而那个迷恋着自己
书法的维特　愿意抄写一个
几千页的美梦邮往他乡的
少年　想到自己古典的痴情

对着黄昏　摊开那皮肤苍白的
四肢　划开梦想中平静的海面
让夕阳的红帆　温润地
碾过一张思绪斑驳的网　他将
给谁　寄去一封飞翔着的鳊鱼？

（六）

好雨知时节　家书抵万金
在那深邃的廊道
使人联想起帝王陵墓的
国家级图书馆　知识分子
唐·吉诃德保持朴素的品质

阅读　思考　不时抬头
东张西望　粗黑框眼镜令人

揪心地想到　濒临灭绝的
珍贵动物的饥饿　在他的
近旁　网球鞋　超短裤的少女

偷偷吞咽着迟到的早餐面包
动人的时刻　小计谋的成功
因为图书管理员的眼睛
正转向餐厅入口　望见免费的
白色方便盒调动他一次性使用的

胃肠想象　而她此刻……忆起无数个
与你同行的日子　坐在门口的
围栏上　眺望紫竹院公园的午后
饮水　谈话……看到知识分子唐·吉诃德
匆忙降落到台阶的最低级

细雨中疾行的瘦身影　标志着某个
重大时刻即将来临　顷刻间
他占据了右侧的一株紫薇树　蹲下身
一封信蝴蝶般展开……要是你也在这里
定会猜想那蝴蝶的颜色和花纹

1997.8

选自《松开》

长椅上的两女生

不远处的大街人来车往,而这个僻静的
角落,称之为角落,在我们的城市
名副其实。一张墨绿的长椅上
坐着闲适的、绝望的她们
其中之一的小巧头颅,安稳地
像雏鸟偎依在松软的窝巢,另一位的肩窝
依托着她。喁喁私语:
——这隐秘的交流听命噪音的想象
"你在想什么?""和你一样……"
谁的呼吸里吹出了芬芳?谁又将迟疑的
双手藏匿到同伴的外套口袋中
"我已无法忍受,和你一样。"
……但,另一位把目光
自眼前密密丛丛的暗夜收回
——进入这个世界要比想象的容易得多
"是的,我喜欢,比从前任何一次
那黄昏的大红色块,像裹尸布一般
使他的新娘升上天空,她身着白衣裙
山羊与诗人一同仰望她的飞翔。"
芬芳的呼吸再次唤醒她……地点就在

美术馆大门外的石阶下
她们谈论着遥远的人与事
或者什么也不是；尔后
黄昏自不远的楼檐一角，吹号般
把冷清的气流送入她们的领脖间
她们各自的一只手相遇在同一只衣袋
长椅一侧的地面两个影子友好地
重叠……当此之时的长椅背后
已故大师夏加尔绘画展
正在仿古式金黄屋顶的建筑物
那状如天使的大厅内，进行到第三天

1997.9.3

张三先生乘坐中巴穿过本城

1

纵情的下午五点钟。目的地不明
在一生中时时遭遇他冷静反省
他一只脚探出,已经预先
了解到行程的代价:引领他的
是招手即停的想象自由
讨价还价的智力操练。而渡船费

交给吆喝者。一段需要以想象充实的
道路,首先他需要寻找到身份认同的
座位。他"在路上"的事实无须交代
像流浪汉小说中的主人公
被群蚁讲述,被唾沫阅读
被印刷机织进文明和艺术史的网结

现在,放好他那标准牌手提箱
把目光移向窗外。视点的
移动代替梦想中的高倍变焦镜头
像一个画家渴望变成机器人

他也宁愿变成一架摄像机,在飞驰中
留下一片后表现主义的油彩擦痕

2

请想象一架机器的轻松心情
改头换面的死神挥舞着它
残缺的肢体,但每一部分
都能代表整体说话
是的,"如果只是倾听死亡
我的整个生命就不是生命

而是苦难"。怀着审慎的恐惧
他回到人们中间:利客隆的二楼
像一只疲惫的消化不良的胃
正向着对面的双安商场那一对
巨幅民间剪纸式的孩童发出
被汽车喇叭篡改的断断续续的嘟哝

过街天桥僵瘦的犬腹下
道路被分割成等级制的现代平装本
书籍,打开后可供永恒的蓝衣上帝
阅读、分析,重新制定一整套关于
人类行为道德的十诫。他想象
他是以但丁进入丛林的心情踏上了中巴

3

"我们自身就成了正在被书写的诗行……"
这段道路就是例证,找不到任何
可以设想为叙事的情节成分
中巴式的抒情节奏不适合单独面对
后工业时代的大众。他忍受临时性
停车的分行就像忍受激情的放纵

太平庄、农林局、马甸和静安庄
都市中的蚊子或文字飞舞在
噪音的众声喧哗之间;而这丝毫
也不妨碍他使得周围的女性
承受被看的复杂体验。他,张三先生
一个面貌普通的男人的天赋人权

"她们中间谁最热衷于购物,仟村百货
英斯泰克还是燕莎商城?"只能从
衣着上猜想……他家有贤妻,对于
女士们的爱好算是有经验,她们中的一位
爱上叛徒余永泽,就为他的被捕
出自一个与贪吃有关的贤妻的爱好

4

一包猪肝与党的机要,爱情或革命事业
在他阅读过的书籍中构造着对立
他无暇自我论证的问题正被轮流更替的
乘客隐喻着:"想上的上来了
到了地儿的就该言语一声"——历史真谛
就在对于日常语言的过度诠释中

而为什么他得是个身份明确的角色
写作者对他什么也不想演绎,也做不到
他从手提箱里拿出计算器,算一算
他最近的一笔生意能挣得多少
他年轻有为,坐在中巴里也顶多
是个准中产阶级的暴发户?

"面包会有的,一切都会有的"。他赞赏
他夹着万宝路的食指和中指分别代表的
两个国际性的文化雅号:操!胜利在望!而他
把自己准确地定位在香烟的位置
"我正在被我自己的火焰燃尽
并被我自己的烟雾缭绕"

选自《松开》

5

"她在一朵云下离开了家"
现在他不能不回忆起他的一个旧情人
这种无聊的时候还能不滋生
后殖民心态的复杂欲望：二等兵王二
不失时机地提醒他往事如烟的愤懑
她如今在地球的另一端扮作情人

幸运的是那时候他们还算认真，而从
某种意义上讲，认真即真诚
一切都已出演了一遍：浪漫、嫉妒
自怜、仇视、乞求、放弃乃至无所谓
由动词和形容词操纵感情世界
成为他们最典型的青春期论文关键词

不过总还是肉体的召唤先于存在的
哲思；现象学的终极命题不及一次
想象中的快感所抵达的彼岸。过犹不及
她的形象却已模糊了，只好借助
一些概念化的图像升华：一个女人不就是
所有的女人？而他是他自己吗？

6

他在具体的风中品尝抽象的雨水
"如果海洋注定要决堤,就让
所有的苦水都注入我心中"
一瞬间他仿佛看见自己手执长矛,冲锋陷阵
驽辛难得晃动着惊人的速度,以终结者
怒吼的错觉,掠过路边的小旅馆和大排档

伸展"我们的睡眠,我们的饥饿"。它拐弯
驰入上帝戒律的法外情,公民规章的试验田
彩灯缠绕树枝,与公益广告牌一同
列队守卫国家的重大节日。"与我相关的世界啊!"
而谁将从他衣冠楚楚的品牌中辨认出
古典的整体性世界观?俄底修斯终将回家

年老、死亡,在一首场景式诗歌中
张三先生从农展馆下车,倒车跳上另一辆中巴
半小时后,鸡窝头的老婆会打开防盗门
迎接他——天色早已昏暗,城市丛林灯红酒绿
下一首诗将记载他遭遇靡非斯陀,而此刻
摆脱路口那三色灯的瞪视,他随我步入夜色

1997.9.15—10.1

破　碎

她推开我的房门就像打开她的化妆袋
一样随意，显然，她把我当成她自己
常用的一面镜子。几乎是一种响应
我对她的故事微笑、惊讶、叹息……
同时要忍受她亲切的抚触，或者
不如说是抚擦，好像镜面粘了灰尘
这时，我只好躲闪几下，想象
这镜子的玻璃面发出几声尖叫。
当她认为一切清晰无比，我对她
下结论的时刻即将来临，镜子说
"很好，就这样，祝贺你。"一下午过去
已经是一个文本的多种讲述，全部
与她有关，好像镜子也增长了经验
而又免不了被丢在一旁：她把她自己
也当作了自己的镜子……当她终于
带上我的房门，我几乎听见了
一种破碎的声音，与关门声呼应
比爆裂的热水瓶更痛快，接着
如同沸水漫了一地，某样东西的
印痕冒着烟、慢慢冷却……

中转站

踏上你家楼梯的时候,就好像
有一种启示,一个声音对我耳语:
住在一个舒适的房间,对于陌生的
城市来说,是报复我们记忆的好时机。
因为一个人的房间,集中所有念头
就像长了翅膀的肥猪,试图轻盈地飞。
由于等待的理由被取消
我只好由你站在窗前,对我描述
你见到的一切:两个女人,可能是
想承租马路对面的店铺吧,她们化了
浓妆,看起来像赶赴一个约会
可以猜想她们承租后的商业项目:发廊
美容所什么的……完成"重现的镜子"的行业
可能只有罗伯—格里耶更具发言权。
一种奇怪的喇叭声传来,间隔着
市民公德的宣传条文,淹没了
你俯身窗前的红色背影……阳台下
还能看到一幢两层砖楼的平顶
堆满了现代垃圾:歪嘴皮鞋,褪色的
破塑料桶,断成两截的玩具冲锋枪

选自《松开》

三具洋娃娃的尸体,肢体残缺,眼睛圆睁。
"一件现代装置!"而我几乎不能忍心对你说
这就是我看到的一切,从你站过的位置。

1998. 4. 12

爱猫祭奠，或我们的一年

——致齐齐和她的黄咪

> 首先，你是我们的同类吗？
> ——西尔维娅·普拉斯

1

当时钟费解的歌词，如一声
嘹亮的号子，割开
厚沉沉的黎明面纱
那抵挡光芒的暗红帘幕
黑夜的双脚，暂歇
在白昼的旅店门口。告诉我
你额角宽阔的命运的神
用亲切如蚊子的歌声
——那在话语中飞行，梦境里着陆
在你睡眠的枝叶间栖息
发出袖珍型的马达
鸣响的黄色婴儿，他离开了

选自《松开》

多久?他抵达了哪里?

2

从墙壁到夜晚的旅途
学院生活像汉堡包的夹心
添加的养料,计算精确的热能
和着两个人琐细的生命……
仿佛种子撒落在校园
一株众人遮荫避雨的大树下
又像北方的灰尘,散布在女生楼
隐秘的窗缝与朴实的书架
他就是一根德国产进口胶棒
横在我们中间。从未离开过的凝重
表情,黏固了尘土,养育着
我俩小房间里的绿色,和一个
被希望涂改的明天

3

唉,当掘墓人无知地搅醒
死者的睡梦,一个归家的孩子
把钥匙遗忘在空荡的屋子
她想象:他柔软的爪子
在木板门上,撞出
沉闷的回声,像童话中

助人为乐的精怪,在我们
想象的烦闷和愉快的祈祷中
像情节剧中的关键角色,衔接了
爱情:脱下皮毛,穿上人语
忙忙碌碌的精怪,该是由
伊塔洛·卡尔维诺委派而来?

4

这个小精灵散发传单般
将他动物的精气,张贴在
我们房间的空气中,四处飘动
将无私奉献的精神与占领欲
嫁接在他生命的存在主义
前提中。随后他那不屈的意志
隐蔽到一幅画像的背后,让我们
怀疑神秘,怀疑可靠的
唯物论,种植在学院派头脑
那从不失眠的日子——
她们曾经赞叹:是谁创造了你
难道也是母亲?

5

死亡,闻起来像一杯
桂花陈酒的死亡,使饮者

享受一次次青春的醉酒冲动
短暂记忆的缺失,像谎言逃遁
像呕吐找到萨特式的理由
也像时间的泡沫在冬天
找到显形的方式,在密布花纹
那危险的冰面上行走,我们
不被注目的胆怯提示着什么
又改变了什么?好像他正在冰下
而我们无时不在想象他:他活着
你不能总结他;他死去后
谁又能触及,一个动物的灵魂
以一次次目光的爱抚?

6

在梦中,他用迷雾般的神情
练习你温柔的未知数,夜晚的翅膀
贴近你申述的结论:"爱动物
却永远不同情人类",仿佛一场
有关精神肯定性的试探
到底存在于你生命的城堡
哪一条街道,白天里的叙事
遗漏了什么?夜晚的呼吸
又隐藏了什么?"有时候——
我们是谁?藏在他的背后"
他机灵的身体,奉献我们的心愿

他比我们更熟悉自己的身份
用一脸的严肃,花纹对称的面具下
遗传了单纯而好奇的眼睛

7

在房间对称的布局内,探讨
有关聚散的哲学,因为这
绳索捆绑的力量,帘幕遮挡的诱惑
黄昏慢慢踱近,借助它
衰弱的气力,说到死亡时刻
冰凉尸骨的气息在想象中,而陌生的
肢体接近存在的本质中最后的幻象
死亡,改变了我们对乐观
那红色光芒的眩惑,修正我们
即将完成的论文,不适当的
修辞:关于死,说得太多,又太含混
"如果死亡不能成为艺术品
那尸体值不值得保存?"

8

一年的漫长因他而生动,设想他
继续奔跑在幽秘的房间,老虎的黄金
会不会遭遇赛莉玛的不幸?
而当两条金鱼来这里落户

选自《松开》

无知幸福地划动它们的双桨
整天操心生死存亡的问题
像一个王子捶打胸膛,像哲学系的
头颅遭遇午夜的饥饿,也像我们
失眠的夜晚,间隔着两个白天
哦,他早已夹在了我们中间
如一个婴儿,使春天的死亡
获得神秘的移情涵义——
我们互为成长的图像,绝对对称
而究竟是谁,正改变着我们?

9

当词语的羽毛,被一个
伤心欲碎的孩子,从她的衾被
撕扯出来,那幻化的飞翔
又一次托起回忆的轻盈
以及默想的沉重。镜子的反面
一无所有,我们用目光互相求证
一道智力游戏算术题:
哦,在时间炉膛
那黯淡的青春废墟中,相信吧
凭着时尚的短发在微风中
以青草般的舞蹈,响应
爵士乐的节奏;凭着你
隐秘的牙痛燃起睡梦中的坍塌

10

夹在一年中的照片,使我们的
房间,成为这世界的模范相册
让我们自由地出入,与心爱的死亡
合影吧!梦与生活相互模仿
而谁和谁彼此打量?还记得吧
飞鸟用它掩蔽的肉体告诉过你
羽毛自己懂得飞行的原理
就像词语懂得烹饪一道
适合各人口味的菜,素食
也是佳肴;而这词语的锁链
却像一条鲜艳时髦的牛皮腰带,系紧
一些人谜底般的明天
用它最后一只秘密的眼孔
把生活的细腰缠在青春的藤蔓中

1998.3.1—12

晨 歌

从一只喜鹊的花瓣舌尖
弹响了清早的校园奏鸣曲
它晨读的嗓子里蹦出一串字母的
花样舞蹈,更多的是暗示
仿佛谁已泄露了梦游者的昨夜
行踪:"深色庭院只有白猫
在巡逻",蔷薇花挺着他们
芒刺的暗器。它喉咙的小径
也曲曲折折,缠绕着一个熬夜者
贪睡的上午八、九点钟。
"如果我们确实是太阳"
如他所说,"那么体内绽放的向日葵
该如何转动她灿烂的圆脸
像露湿的大表盘",而那惯于
恪守信条的旅行闹钟,从它的
后脑勺,用一把两地婚姻的钥匙
发条,递送来抚慰性的催促。
"不过是一种粗俗的现实模仿"
生活它告诉过我,对于鸟类的歌唱
测音器无法谱出它们的微妙旋律

同样,对于早晨醒来的梦游者
喜鹊的嗓子不过是一把用来
擦亮生活的皮鞋表面的刷子
行走着的双脚并不会显得油光锃亮

1998.10.9

大天使
——赠贞姬

她们曾经紧挨着,坐在一张
墨绿的长椅上,观望路边的往来
行人与车辆;她们把刚做完的功课
称之为歌唱,她们借此熟悉了恨
一种她们在内心隐蔽着的力量。
她们把相握的手命名为诗意
一种天真无邪的温度,获得高飞的
意志。从马路对面的某个角度
一个俯视的镜头:她们的黑发
融为一体,往前探出,像乌鸦的姿势
需要鉴定其准确的动机;她们一左一右的
手臂,舒适地撑起在两侧,像两枚
黑翅膀,把长椅挡住了一部分,而据说
过路的伊卡洛斯,(正在他奔向死亡
波浪的中途),轻快的一瞥
竟把她们看成一位人间的大天使

1999.1.19

中关村

高科技飓风自天而降,像一部美国大片
连根拔起白颐路上,那两排挺直的白杨
扫荡一年一度的落叶风景,代之以日益增大的
人口密集度,总像在飞蚊嗡嗡的夏天

建造中的海龙大厦,有着万吨巨轮的前额
傲慢地宣告着它即将遨游在无边的商海
中关村一带,比萨饼红色店堂的一翼
新近得利的电脑公司拒绝搬迁

貌似卡在城市规划图咽喉部位的
一块块暗礁。啊!头破血流的生活
农民的生意经,聚集成堆的乡间土语
布置着游戏的休闲和进步,那隐秘的村落

景致:妇女们怀抱幼童,抛头露面,兜售
久已淘汰的质朴与热情,"软件游戏要吗?"
也像更新迅速的电子产品,她们有了新生活的
旧形象:肉体生涯的盾牌挡护在前胸

那些两腮紫红的儿童,拖鼻涕的
幼年脾性若隐若现。在母亲怀中的他们
缄默得像哲学家,越过行人头顶的目光
栖落在都市的条形天空,一朵旅行的云彩上

对于鲜艳的标牌,飞奔的轿车,他们的兴致
更愿意停留在父母关于麦当劳的许诺:
在快餐中加速成长吧!一代人的脑袋恰似一块块
盗版肿瘤,凸起在旧都城容颜一新的面颊上

1999. 1. 25

童年的死

> 唤起记忆即唤起责任。
> ——雅克·德里达

欠债者

他用告别的方式偿清了
他在尘世欠下的钱财　却把
借来的一根绳子　永久地拖欠
仿佛所有活人都成了债主
他们暗暗谴责他　一了百了
而一个初次目击了死亡的孩子
欠下对于人生不变的恐惧
死　并不可怕　它只是拉长了
一个人的身体　把他的影子
张贴在记忆中的土墙上
它还将一个老人在世时的声音
关在了墙缝中……她多次
从梦中惊醒　听到他的语音
对她唠叨天气　蜜蜂

选自《松开》

和夏天的蚊虫　（孩子不懂得
厌烦）　虽然生活正以厌烦的加速度
到来　容颜易变——死去的老人
永不再老去　他身形修长
在梦中的路口　唤起她成长的热情

垂钓者

白天　老人来河边钓鱼
孩子坐在树下　惊异于
垂钓者从容不迫　担心鱼儿
无常的命运　老人的白天
就这样被孩子目睹　而他的
夜生活　她无从猜想
只晓得　远在一片竹林里
老人的小屋若隐若现　孩子从未
走近深绿的竹荫　但她
守候过老人　小河边　雨水天
斗笠下的白胡子　闪着银光
犹如鲫鱼的肚皮　鱼儿的命运
装在竹篓里　被他拎走
整个夏天　雨水和小河
顺着老人的身影流淌　树下
孩子的板凳陷到了土里　担心着
鱼儿水下的命运　她们来了又去
把鱼饵含在口中　又吐掉

有时候　她们中的一个

会侥幸地上钩　被老人带走

走上另外的命运　见人　谈话　微笑

有礼貌……孩子聆听老人的教诲

夏天不利于孩子成长　夏天的身体

暴露　蚊虫的热情　像鱼儿从水中

让老人领走　布满死亡烂臭味的夏天

离我们太近　某夜　竹林小屋

老人死于谋财害命

人们传言——太多的鬼魂追上了他

溺水者

夏天的孩子善于在田野

奔跑　跌倒　歌唱

女孩们上身裸露着　初尝

害羞滋味　而全身光光的

男孩们跳下小河　模仿着

小鱼儿的泳姿　激起水的欢跳

不知道危险在即　传说在上演

鬼差撑着木盆　漂行水上

彭祖的歌中唱道

我彭祖活了八百春

没见过木盆水上撑

男孩们也唱　水花淹没歌词

彭祖唱罢　命丧黄泉

选自《松开》

——他中了死神的计
男孩们唱罢　向女孩们抛掷水花
一个女孩在岸上垂下眼　水花
被太阳照亮　太夺目　太晕眩
她初尝失落滋味　嫉妒
风儿的舞蹈和水花的歌唱
而不露面的命运也作了如下安排
带着对河水的热爱死去的
却是那一个年轻好奇的女孩

灰喜鹊

她总是听见它们的谈话
她破译着　像传说中的公冶长
它们中的一个从远方归来
兴致勃勃　讲述它的历险
其他的伙伴们争着嚷嚷　相信或
怀疑　拖长着音调　无比轻蔑呀
讲述者的声音不再欢快　好像
被揭穿了底似的　或者是累了　啊
是不屑于　不屑于同无知者啰嗦
而妈妈总是骂她　说话的担子
闭嘴吧　灰喜鹊
你个子小　也挑不动担子
而某一天　一只灰喜鹊
死在高大的槐树下　像是从

睡眠的窝巢中跌下
尖嘴闭得紧紧　而她
年龄太小　破译不了死的沉默

代罪的猫

他们吊死它　在一次战斗结束后
战斗发生在两群孩子中间
一方称为八路军　一方称为鬼子
他们的战斗在生产队的晒场
和仓库一带打响　五月麦收后
麦堆儿和脱粒机作了掩体
牺牲者倒在了麦秸垛的怀抱
草秸的香气他们会一辈子记住
战斗的结果永远如此　小鬼子们
死光　活捉松本或龟田大队长
最后的惩罚将由这一只
途经此地的老黑猫扮演
它被生擒　它死前的嘶叫
被他们称作鬼子们的垂死挣扎
它被判处绞刑　尽管那时候
他们还不懂得绞刑的意义　有多少
战犯　杀人者遭逢这个下场

曾外祖母的预言

你将成长为一个厉害的角色
盲眼的老妪这样预言　因为瞎
使她能够穿越黑暗时空　看到
曾外孙女漆黑一团的未来
语言成了某种透明物　拭擦着
女孩幼年的肌肤　要她在内部淤积
足够的精力　来对照身外的世界
而世界　就是你肌肤以外的一切
之和　侵入小女孩的毛孔
像露水从早晨的植物中探出
它们饱满的脑袋　关于爱　它与黑暗
紧密相连　也与梦境中的恐惧
共同构成了身体的房屋
你将远走他乡　从你的脚掌开始
她只能靠抚摸　才知道脚趾的间隙
遗留了通向未知死亡的距离
最后一次吃鱼　使她预见
游向天堂的溪流没有激浪
她枯萎的身躯将轻快如一片羽毛
追也追不上
谁能够在时光的折扇上　合上她
圆睁的灵魂　长在暗处的眼睛

曾祖母最后的夏天

曾祖母躺在 1969 年的夏天
蚊帐灰白　围裹世界　死神的
尖嘴比蚊虫快　追上她的呼吸
而血液的蒸发比水分更彻底
她的灵魂将浸泡在密集的汗水
铺展的棺盖上　而她的躯体早已
熟稔了死神的礼物　病痛像一张
请柬　多年前就已递上
祖父的高大身影在窗口掠过
像一只不祥的夜鸟　偶尔
路过白天的厅堂　阳光的公开性
使它收缩着羽毛　他哑声
询问着午餐的柔软程度　仿佛疾病
要掺进儿子一副诚心的药剂
噢　但愿阎王爷是个
健忘的赌友　我的襁褓
摆放在西厢房　曾祖母的呼吸
像一支微弱的催眠曲
梦中　一群灰鸦起落
一阵呻吟高低不平
预示着黄泉路可能的坎坷
好人一生平安　最后一声叹息
有如翅膀划过后　搅动起

灰尘　对于土地　它们早已适应

蛇

源于恐惧　杀戮超越了死亡
施加于我们心灵中的敬畏
像人们亵渎过鬼神
她杀死过一条毒蛇　这意味着
死亡通过她畏惧的双手
实现了威严的能动性　像一张
表情丰富的面孔　死亡
在一条蛇的躯壳上闪现
全部的美　好像它的存在
就是为了她逃避的勇气而生
为在一瞬间　尸体的信念博得
力量的同情　一条蛇的死亡
存活在记忆中　而传说中的复仇
以夜梦的形式曲折地展现
欲望号街车疾驰在黑暗中　城市的
脏空气搅动了睡眠中的房梁
草叶　沙滩和起劲挥动的头发
当它从梦的舞台上退场　白昼
将为她招魂　风提醒我　用嘴唇

1999.3-10

1995年，梦想，或自我观察

1

无家可归，这是唯一的
出路。她祈望可触及的深处
像一架梯子，伏在一面墙上
目光沿着它的肋骨攀升
定有一只手，将如揭秘一般
从高高的墙头一闪
她便轰然一声，从那难以设想的
高处坠落——
地在下沉，飞快地下沉

2

有一场经验，被很好地
利用。悄悄地，最亲密的人
也不会知道得更多，连她
自己也将被忽视。
冬夜，风在树枝的四周
一圈圈奔忙；正如想象中的一样

选自《松开》

她也围着痛苦,一圈圈地
转悠着,直到它们变得生动
闪着阴郁而茁壮的幽光
像春天催生出一些绿色的脑袋
好奇而执拗地,使她
对生命(而非生活)陷入绝望

3

她在……
她,就在她们中间
还有他、他们
她回头时,也在
所有的逝者中间
她从此所走的路,也将在
这些迷离的掌纹中间
得到自圆其说的证明
——她将在通向自己的路上迷途

4

她决定在窗外收获往日,譬如
童年。从田野上的树杈间,她看到
安静的期待,是怎样一种形象
而汽车与行人却是城市
制造出的流水幻影,哦,阳台

使人收割意外的喜悦,面对自然
窥视具有了合法性:看山
也看偶然经过的云彩,无声处
她听到一种变化在发生
她起伏的心情需要某种形式

5

那一次,镜中的眼睛
因为泄密,变得空洞、陌生
真正如另一个人的。像表演者
熟悉了角色,返回生活时
却像个逃亡者,艰难、盲目
拖欠着内心的召唤
——"一定有什么被掏走了……"
一个寄生在心灵中的小偷
必然从内部开始她伟大的拿取

6

在一排深绿色的垃圾箱跟前
驼背的老妇人正谦恭地
俯身于她喜悦的发现
她忙碌的前臂隐蔽在铁盖背后
而她的蛇皮袋,胃口大开
她那双被灰色毛裤紧箍的瘦腿

选自《松开》

又直又长,像用旧了的船桨
从背后看去,她肩骨高耸
固执地贴近她的工作,从那里
捕捞、赞叹、欢乐……
她的身体分裂出细小的动作
正散发着我能看到的幸福,她的幸福

7

她迷醉于自己的
献身冲动,像一个冲浪者
她选择叫人摸不透脾气的
大海,作为梦想的象征物
每天的快乐必然旅行到此
深不可及,意味着仍然
有一些可能的经验,需要
握笔的手指,加上其他的幻影
共同完成:"生活,我的生活……
这一半,是怎样的生活啊?"
不是迷宫,但她走不出去
她不愿走出去,她自比为海水
但她被自己的献身所淹溺

8

她曾经梦见,猫和鱼

成为同一个盘子中的菜肴
一群人围着它们,应该有我
她曾经梦见,一堆人
母亲和情人,谈论运气
信差送来旧情人的笔迹
她曾经梦见,人散去
汽车站牌下,我在寻找
她曾经梦见,群山绿树荒草
我在呼喊,她听到
一个名字,带来我,一头猫
对于前世今生的一次觉悟

9

在人群中,就像掉在了
自己编织的罗网里,她相信
如果一切都值得追忆
她兴致勃勃地打捞着,满手抓起
那些从别人头顶上散落的
像从树上结出的果子。她没有
看到,另一双手,正紧张地
收网,当空间越来越小,水与空气
变得珍贵起来,她才想到
应该往那更深处游泳
与其说网孔是可大可小的
不如说她的身体更具有伸缩性

10

当她决定向人类的脆弱施加
猛烈的诅咒,她所用的武器
是毒药,加上人们曾经为她
而准备的天堂。她决定
铤而走险,走向人们为她
预备的另一所天堂。"总之,
我什么也不能自己作主"
不过,这并非最不幸的,最不幸的
是她早已到过这所天堂
她现在已被它的主人放逐
不知道自己曾经就是它唯一的主人

1999. 11. 30—12. 1　根据 1995 年部分旧作改写或重写而成

隐形盾牌

他驾驶着他的黄面的
像一枚子弹头,从外四环
扇面形的马路上,搅动晨雾
向我冲来。这招之即来的
隐患,在临近十米远
以一个陡峭的偏斜冲刺
带着撕裂布片的锐利声音
在他钝重的刹车里,我惊恐地
倒退几步,觉察到某种隐秘的快感
使他的嘴角,挂上一丝临时
客串绅士的的士司机的
职业微笑:"你好!去哪儿?"
声调异样,使我在片刻间
改变主意,把行程一分为二:
"三元桥,302车站",我的语气
则像是在预报初秋清早的最低气温
郊区的马路,机动车稀少
一二辆老马车,拉着些农货
走在它们自己的老路上。
而那不速之客,速度飞快

像是瞄准了某个臆想中的目标
仿佛一声声从乡村游击区放出的
冷枪,擦过晃荡的马鞭
正呼呼地喘着冲刺的粗气——

"我以前拉过俩女的,也不知
是不是母女俩……",正像他的刹车
他的讲述来得也太突然,不容我
找到适当的情绪,或应对的姿态
"那女孩就坐在我旁边……"
(那么就像我现在一样了?)
"也不知她们俩啥关系?"
(你不是说可能是母女俩?)
"那女孩很胖,十六七岁吧!"
(你开着车,倒有空观察你的乘客?)
"长得胖吧,还穿得那么少,紧身衫,超短裙!"
(关你啥事?)
"那女的问女孩要钱,你猜女孩给没给?"
我转向他,那张肥脸像是
没洗过,溢满黄亮的油脂
跟用久了的水瓢差不多。
"给呗,你猜她打哪儿掏的钱?
她身上没兜啊!"
(你安的什么心?)
"从她大腿根边上的长筒袜子——"
他故意停了一刻,像是等待我

回味他的叙述,夸赞他设置
悬念的技巧。我"嗯"了一声
仿佛毫不在意,又仿佛不解其意
好在已近三元桥,快到我的目的地

"这年头你说都出了些啥玩艺儿?
女人管不好自己的女儿
女孩子家打扮得像只鸡。
你多大了?二十出头吧?"
还没等我吭气或生气,他的兴头
似乎已转移,"你瞅路边上那些
农村妇女,抱着孩子卖光盘的……"
我扭脸对着车窗外,稀稀拉拉
一群人被甩向车身背后
"卖盗版的光盘,警察要抓的"
"那是啊!"我庆幸话题引向了光盘
但愿这高科技的玩意儿,可以发挥他
抨击时政的联想。果然,他说
"现在的警察可狠了!
哎!你猜他(她?)们咋对付?"
(他们或是她们?他指的是谁?)
"她们把光盘藏在胸罩里
警察就拿她们没法儿啦!"
这肥脸的司机纵声大笑,那声浪
使路边几辆自行车的龙头
几乎同时抖动了几下……

选自《松开》　　059

我则乘机扭着脸，观察马路风景

当这枚强弩之末般的子弹
天使般停落在我旅行的中途
我付了车费，道了谢谢
好像我的人生也才刚刚开始
我步行到302车站站牌下
如同站到了存在主义的
岔路口：我抬头，眼前发黑
而天空正敞亮着——
我徘徊的兴致，类似于寻找
另一种工具：公共汽车每站必停
印证着秩序和法则的美好
设想，而我承认，最好有飞碟
光临天际，它的美妙不亚于但丁
眼中的维吉尔。他降落到
另一首诗里，其中，苍蝇、蝗虫
和虱子，奇妙地成为
拦住我去路的三只猛兽，而飞碟
将把我从这眼前发黑的现实中拯救
——也许真是飞碟，引导过我，秉承
ET的嘱托，助我太空（天堂一种?）飞行
哦，那该死的好莱坞电影片断，升上我
疲劳而困顿的视网膜……

2000.1—3

小婷婷的爱与恼

我的侄女小婷婷,酷爱她自己
那两根羊角辫,扎上红色
蝴蝶结,好像那样
她就能飞起来,并轻盈得
像从妈妈的怀抱,或花园
飘舞到她的北京姨妈,我的家中
六楼的一套小两居,她要
栖息在这城市的枝头。
跨下列车的一瞬间,她牵住
我的手,不肯放松,出站的步履
却东倒西歪,像是行在夜间的田埂上
幸亏她个头不大,身子也轻
我就像拽着一张小风筝
走在北京冬天的寒风中
赶往我家的路上,出租车里
她用光了所学的全部谜语
借以考察姨妈的智力
她信心十足,将普通话讲得
如同她的羊角辫一样
傲气逼人,拒不接受我的发音纠正

"我们老四（师）就是这么叫（教）的"
从一开始，我就意识到
这是个能够凭她的勇气和别人较量的
好学生，她走上昏暗楼梯时的脚步
沉着得像是一种探奇历险
先是不扶旁边的栏杆，进而
找到了走廊中的路灯开关
并准确地按开它们，引她的奶奶
我的母亲上楼。她表现得
很有主见，这个六岁的女孩
在防盗门前跺着脚，要向我的
左邻右舍宣布她到来的消息
最重要的事，我忘了交代
"必须好好对待我家的小猫闹闹"
她满口答应，抑制着激动
问我她能否抱抱小猫闹闹
"当然，但你不能吓唬他"
当我们推开家门，她隆重的宣告
仍未截止，闹闹的身影在门口
一闪，像一杆投出去的标枪
飞快地消失在床底下
小女孩信心顿失，顾不得
参观姨妈家的陈设
——也可能她才不在乎什么陈设
那不过是大人们的自作多情
反正她要在此度过她

七岁的春节,时间有的是。
现在,她更关心闹闹的行踪
她颇为果断,把脑袋伸到
床下,又干脆爬进去
身体的柔韧性令人惊讶
而床底的对峙无法
施展,除非掀开姨妈的床板
但见闹闹像上足了发条
从床罩下弹出来
直蹦上书房的柜顶
不再下来。此后的三天
闹闹的角色,类似于卡尔维诺
笔下的那位"在树上攀援的
男爵"柯西莫·皮奥瓦斯科·迪·隆多
我们和婷婷一道仰望它
就像夏天晚上看星星那样
显然,婷婷的兴致
受到了干扰,但这不等于说
她对闹闹的感情有了改变
只是大人们的挑剔对准了她
首先,她的姨父对她的羊角辫
发表意见,说它们太土气
奶奶称它们将会妨碍
未来的读书生活,"谁有功夫
天天早上给你梳辫子?趁早剪掉。"
我则指出,她的发质太差

选自《松开》

扎辫子并不好看。或许"发质"
一词难倒了她,而"不好看"
给了她致命的一击
晚上给妈妈的长途电话里
小婷婷征求妈妈的意见
"你说剪掉就剪掉……"
婷婷显示出擅长踢球的能力
并指望从那边传回的一脚
对她有利,而她粗心的妈妈
则想讨好姐姐:"还是姨妈决定吧"
于是,又一个打击袭来,不知道
婷婷这个晚上可曾睡好?
第二天,定福庄北里的一条胡同
新开的发廊接待了顾客婷婷
抓着刚被剪断的发辫,小婷婷
一声不吭,镜子里出现了一个
小大人,圆圆的腮帮像一只
大苹果(谁说此前不像只
带叶杆儿的心里美萝卜?)
无论如何,这只苹果是新鲜的
回家后博得众人的夸赞:"漂亮多了"
"像个城里的孩子啦"。只有闹闹
不发表意见,在柜顶上睡大觉
婷婷仰着她的脸,像要给
猫咪送上这枚时令果子,嘴里
还嘟哝着什么……当闹闹睁开猫眼

像从梦中醒来，定了定神
仿佛早已忘了自己为何来此
对眼前的新形象毫不在意
只用它的黑尾巴使劲地拍了两三下
接着，它从柜顶上起床，把腰耸得
像一条拱桥，啪的一声，跳下来
婷婷第一次接近了闹闹
她轻抚了一下它的背部，然后
迅速地移开手，那一瞬间
婷婷的动作里显出了犹疑
当她垂着头，蓬松的短发遮挡着
两腮，脸庞也显得狭窄了许多
从后面看去，新剪短的发式
微微卷曲，透出点洋气，而真正的
变化即在于：我们再也看不清
扎紧的羊角辫下，那颗浑圆
而又结实的小脑袋……

2000.3—4

此刻,给爱猫

(To White Stocking)

谨以此诗纪念一位少女
她被这个春天残杀……
"……而此刻,深夜。我俩的生活
多像一块被掰成两半的愿望
呼应着:你细微的灵敏
过于具体,因而抵销着我
对于神秘事物的疑惧
尤其在黑暗里
即使在沉睡中,你也为我壮胆
仿佛我所有的惊恐,已统统
被你带往梦中,就连你
发出的轻声嘶叫,也表示着
即使在梦中搏杀,你也不愿
惊动我的写作,它需要
绝对的静,以积攒力量,消除
内心的恐慌,面对暴力和死亡
吐露的生存的全部秘密
和残忍。窗外,涂满漆黑的现实

哦,亲爱的小猫,如果我愿意
相信,你有着动物
原生的预感,并已将它带到
我们的生活中,仿佛这黑夜
内部的一切,都形同虚构:
你的安静平衡着我
内心的沸腾,而究竟有多少
抚慰的力量,会被我带进写作中
好去飞越那些词语的陷阱
以及现实世界全面的深渊?"

2000.5.27

翼

有着旗帜的形状,但她们
从不沉迷于随风飘舞
她们的节拍器(谁的发明?)
似乎专门用来抗拒风的方向
显然,她们有自己隐秘的目标。
当她们长在我们躯体的暗处
(哦,去他的风车的张扬癖!)
她们要用有形的弧度,对称出
飞禽与走兽的差别
(天使和蝙蝠不包括于其中)
假如她们的意志发展成一项
事业,好像飞行也是
一种生活或维持生活的手段
她们会意识到平衡的必要
但所有的旗帜都不在乎
这一点;而风筝
安享于摇头摆尾的快乐。
当羽翼丰满,躯体就会感到
一种轻逸,如同正从内部
鼓起了一个球形的浮漂

因而，一条游鱼的羽翅
决非退化的小摆设，它仅意味着
心的自由必须对称于水的流动

2000.6.7

在悉尼起伏的道路上

悉尼塔
——为 Jackie 而作

异国风情,有人爱
也有人迟钝……筒状电梯径直
将我们送上三百多米高的塔顶
与我乘过的电梯相比
仅在于速度更快,我的心脏
感到了失重的一握,但也只是
瞬间的事,瞬间的差异。
塔顶宽敞的大厅,使我想起
曾经到过的某家图书馆
一间过分空旷的阅览室,也许
只是在梦中见过,又有什么
关系呢?四周摆放着一些
高倍望远镜,使得这里有点像
过时的天文台,或荒废的
军事基地,只能供游客
了望几眼远在天边的科学史
或近在咫尺的战争新闻

——这些破碎的错觉当然帮助不了我。
从这个高度,漫不经心的俯视
也令我记起幼年时
父亲为我制作的万花筒
那缤纷的纸片永不重复的组合。
而我的朋友正安静地踱着
唯恐惊动脚下的世界:城市与人流
像一条蠕虫,光阴正用它轻柔的
隐形步履,富有弹性地向黄昏挪近。
从一架望远镜的眼光中
我捕捉到不远处一座大厦内
许多窗帘是拉上的,更远些
海湾上有移动缓慢的船只
被趋近的高层建筑物挡住下半身。
——我不会深究这些细节,因为
海湾对面,"五十年前根本
没有那么多房子,全是森林"
现在看来,一片片红色的屋顶
就像现插上的胜利旗帜
使那儿成了一块文明踪迹的地理标本
而地方志也乐于记载人口繁荣。
我的朋友正为她国家的环保状况
担忧,她热爱大自然
陶醉于西南威尔士画廊
一幅描绘百年前该地区风景的油画……
而我们身边坐着的一对情侣

选自《松开》

正沉醉在拥吻中,他们很可能
把这儿当成了一处居高临下的
幽会地点,幸亏这舞台的意义
是象征性的,作为观看者
恰好赶到这儿的游客们或许
帮他们加固了爱情高于尘世的认识。
现在,目光转向一幢别致的
大楼,它是对书架样式的仿真
与放大,好像这里恰好是悉尼的
一间书房。正对着我们的外壁
分成好几层,由几排大书填满
在其间,我找到了一部辞典
一本劳伦斯的小说集,我的朋友
则发现了一本俄罗斯旅行指南。
天色渐暗,书脊上的字样也快看不清了
另一些不知道名字的书
正从内部透出童话的亮光。
从另一个方向,我的朋友
要在天黑前找到自己的家
这已不太容易,但她成功地
发现了悉尼大学,我们一起
探查了学校前面的草坪
发现有人正从草地上走过……
哦,这偶然的窥视算不上
某种见不得人的癖好——
作为一个话题,我们借以发挥

谈到距离感，人类的渺小
以及敬畏大自然的必要性
最后，我们庆幸塔顶这个高度
所延伸的一切，使我们陷入
沉默。——"你感到厌烦了吗?"
——"不，当然没有。"
沿着塔顶大厅的弧形边道
我们已转了好几圈，坐下歇歇
猛一回头，外面已是黑夜
由灯光和星辰构成的世界
在眼前铺展开来。扑面的夜光
似透明的流水，而黑黢黢远处的
建筑物，仿佛满缀珍珠的幕布
起着遮挡我们视线的作用
谁能说它们不美呢？一组组
窗口亮起了灯，与天边的星群
呼应着。一时间，我忘记了
自己是在地球的南半边
塔外的一瞥使我一阵晕眩
感到故乡伸手可及，而一架夜航飞机
也像人造地球卫星似的
将我童年记忆中凝望夜空的镜头定格

2000.6.14

快乐或吟游书店

——为 Tamara Jaca 而作

橱窗内琳琅满目,色彩斑斓
布局则和杂货店异曲同工
这是否隐喻着古老知识
和现代装潢嫁接的双翼
怡然飞出了全球化的英姿(影子?)
哦,庄周的鹏鸟也要胜任
新人类的梦想。

这是一家名为"GLEEBOOKS"的小书店
根据 glee 的本义
我把 GLEEBOOKS 译作:快乐书店
也可以模仿"GLEEMAN"(吟游诗人)的构词法
将它译成:吟游书店,似乎添了点
诗意,哦,我们内心的快乐无须修饰
我们过客的命运更难抗拒——

在我们的向导中,罗比和你
带着难以形容的审慎,领我们穿越
起伏的马路。在路口,入乡随俗
我们自己控制街边的红绿灯
当一辆辆汽车停下来,让我们通行
我几乎理解了文化差异的某层涵义。

步入一条小街,两边分布着
饭馆、网吧、电脑公司与杂货店
——那时我并未预见到,日后
我将去对面一家日本餐馆
吃饭,到一间中国人开的网吧
给北京和柏林的朋友写信

我还将偶尔走进一家杂货店
听来自北京的女店主和她的母亲
对我唠叨这里昂贵的房费
而特里斯班的风光是多么美
——"比悉尼更美,你该去那儿旅游"
——但我可能更喜欢这里起伏的道路。

沿街门庭清秀,店面招幌醒目
傍晚降临,在"GLEEBOOKS"的门口
一行人鱼贯而入,仿佛被一条鲸鱼生吞
而我是否曾像皮诺曹那样,滞留在
母腹中,苦闷于找不到成长的出口?

肋骨状的木质楼梯,发出梦中的
模糊声响,当我登临时
那陡峭的进度令我记起
某位伟人的一段名言,多少少年
曾将它当作座右铭,刻意地
按照它的尺度设计自己

那不同于他人的别致未来。

"在科学之路上,没有坦途……"
所以我得爬楼,屏息,蹲在
整墙高的书架前,俯首,读串串
扭动的外文,分辨那些陌生而熟悉的名字
坐在地毯上,定神,肖邦的音符
绕着书脊飘舞……你走来

举出一本诗集:"这是我
喜欢的诗人,推荐给你——"
而这也是我喜欢的色彩
像剥开一件礼物的包装纸

我翻开诗集,飞出纸墨
的香气,而诗行像开列的
队伍,等待着检阅的将军
当我用手指轻轻拂过
那拖曳的沙沙声,仿佛一丝丝
细声细气的表白,把空中散落的音符
一一抱住!

哦,迷宫的气息抓住我
这是夜间营业的书店特有的气息
随着疲惫的眼睛深深地眨动
明亮店堂里的事物格外醒目

你微笑着走开,像一个果断的决定
在快乐或吟游书店的二楼
在回忆中,我庆幸自己可以看得更清晰

乌鸦的断章

一

乌鸦,在悉尼
是一道出人意料的
风景,它们喜欢惊扰一切
看起来与它们无关的事物
寂静的城市,像一只巨大透明的口袋
被海风吹得鼓胀,漏气的
宽阔街巷,偶尔有行人
擦过坚硬的路面,像提前掉落的秋叶
一只过路的猫,步速更慢
但汽车用刺耳的呼啸
通报文明的加速度
而乌鸦,这大自然的古老传媒
要发布它们对现实的评价,早晨
它们中的一两位冲进我的睡梦
高声提醒着异乡人的困境
它们饶舌的声调是否暗含着讥刺
或正提示着每天不可琢磨的命运
——梦中的美杜萨是否映在盾牌的铜镜?

二

我曾在悉尼秋天的清晨里凝神
友人邻家的狗吠,汽车的引擎
像一颗急躁的心
狂热地投入自己的紧张里
花园里两只追逐的猫,归于
早餐的细碎安静中
哦,乌鸦是否也曾谈论过这一切
用撕扯布片般的喉咙,它们的大嗓门
有着闹钟般的严峻,仿佛
用尽了全身心的气力,震动
明亮得发硬的空气,阳光发出
嗡嗡声,回声荡漾在澳洲大陆的鼓面
鸦声委婉,抖落时差和记忆错位的碎片
它们硕大的身躯,藏在树叶间
如同自杀者的丛林中探出的幽灵

三

乌鸦,在悉尼的天空中
曾经惊动过这位旅行者:我抬头时
枝叶显出欺骗者的镇定面孔:
忘记童年,忘记书本上
得来的知识吧,关于那些传说
石头也曾为之动容的歌手
到过这里,与它们照过面

如今，我那美杜萨式的头发被剪去
变成辛迪·奥康娜的影子
而我内在的声音，可曾嫁接到枝叶间
将一个自杀者可靠的记忆绑缚其上
它们悲愁的面孔是想象出来的
如果那动人的歌声打动过我
我也就是另一位奥尔弗斯
是石头的双重性，是沉重和空灵

四

乌鸦，在悉尼的天空，跨越着
太平洋无边的魔境，击穿
我此刻的梦想，它们的翅膀
必须承认，我能够记起
并可以用习惯解梦的手指画下来
在黎明的床单上，划下残梦的印痕
哦，当它们滑稽的影子斜刺
扎向波涛，我相信，从前，一个少女
曾经拥有过的气力，也在飞翔中
积攒过石头的重量：我举起过它们
投射过它们，我用另一个名字
完成过自己的生命
而称之为使命的，铺展在
羽毛的层迭中，掩映着乌鸦的头形

2000.7—12

阻　滞

——对电影《天堂造物》的一种诠释

1

"人生是多么漫长啊",褒琳在狱中
给我写信,尽管她从未信过
我还能够读到它。我们
刚满十六岁,这样的感慨
并不切合我们对未来的设想
童年只是秘密的一部分
这是少女时代我们才认识到的
而我们生命的全貌尚未展开,像一卷图纸
我们在共同规划时,那永恒
的幸福,就被安置在最里头的
一截,它无比遥远
适宜我们奉行的快乐原则
尽管在他们看来,我们早已透支了。
那时候,我们只觉得幸福太多
而长久的欢乐就必须安排
在我们生命的尽头那一段中

好像幸福本身具有飞速繁衍的功能
"这也符合教科书上的暗示"
哦,聪明的褒琳,她解释说
一面快速拍闪着她的睫毛,像雏鸟
练习飞翔那样急切,生怕带不动
自己丰满的身体。"我可不想放慢一些"
她嘴里却这样嚷嚷着……

2

但如今,褒琳说"人生太漫长了"
这是否意味着她已失去信心
而这,是否又能说明:她悔过了?
对我们的过去?当我咳出鲜血
先天性的肺病提醒我:上帝警告我们了
褒琳却放声大笑,像她嘲弄愚蠢地
陷入多愁善感中的女同学时那样
我差一点就发怒了。"傻瓜,我倒宁愿
把它看作是上帝对我的考验"
褒琳补充说,"上帝是仁慈的
更是严格的,为何我们内心存有
强烈的自我怀疑?"这证明上帝就在
我们心中,而我的疾病,天哪,只不过
是我自己推向褒琳的一个礼物
"我准备好了",褒琳平静地说
就像绅士们决斗前朝对方扔过去一只手套时

选自《松开》

所说的话,接着,我的痛苦开始了
但也开始了更伟大的幸福
安慰和爱从来就不是从父母那里领悟的
虽然爸爸请来最好的医生
妈妈也因此满足了我
几条过分的愿望,其实她也知道
那不过是我故意提出来的
她是多么善于利用时机换取
那表面看起来完美的爱啊,就像她的偷情一样

3

而褒琳从来不利用什么,她爱我
总是先从我的角度看待这爱情
她试着解释我们的生活,好像这是她
来到这人世的唯一使命
"在天堂,本来没有我们的位置
可上帝并没有规定爱的形状
爱是属于灵魂的事情
只有当但丁明白了这一切之后
才能赢得贝雅特丽齐的垂青。"也像这样
褒琳令人信服地把我的疾病带走了
——这是他们不能理解的秘密!
他们有足够的力量对付我们的饥饿
但他们永远不会说:"好吧,你们渴了就饮
饿了就去厨房,如果你们困惑而犹疑

也可以铺开洁白的床单"

4

"人生的确太长了",在一个词
像一把锈锁那样被撬开之后
我们的庭院就被占领了
入侵者的性情向来如此:他们毁坏
他们践踏,他们把我们的世界
作弄成他们随心所欲地构想出的残败图
好满足胜利者对站立在废墟上的
纪念碑般挺直的身影而产生的幻觉
褒琳和我的美梦就是这样被毁掉的
他们也顺便毁了我们的过去
手段简单多了,只用一张纸,上面排列着
几条句子,如同布下一个神秘的战阵
"褒琳与她的女友发生爱恋
为寻求与其长久相伴的生活,杀害了她的母亲"

5

"人生够漫长的……"褒琳在暗示
我们无须用余生忏悔,我们经历了考验
当母亲痛苦地哀叫着倒在血泊中
一瞬间,我们就撞上了自己的命运
但不是将来,而是过去的

选自《松开》

时间像邮戳那样,在褒琳的日记上
响亮地拍出了它的判决:"苦难刚刚开始"
——"姑娘们都准备好了吗?"
我们排演过的戏剧,我们写过的长篇童话
其中都有这个情节,像合唱中的歌词
插播着上帝对此的评语:"请站出来!"
于是,从我们的身体里诞生出
那些无畏的勇士,我用灵巧的手指
把他们揉捏成一个个剑眉朗目的青年
褒琳则给他们任务,派他们去厮杀
或者,在那些美好的夜晚,代替对方
进入我们的身体——
这就是自我包容的爱情,爱对方
就是爱我们自己——当我们双唇相触
我理解了褒琳的期待:不必
通过爱一个男子来证明我们是女人
也不必通过鲜血反衬爱的杂色,更不必
通过分类学和等级制设计天堂的楼层

6

"人生何其漫长",褒琳简短的来信
要使我相信:我们已走到了信念的尽头
当幸福被安置在极端,爱
就是纯粹的生死问题,是哈姆雷特的两面性
当我们用余生回味那永难枯竭的爱

是否痛苦得想要感恩?
哦,痛苦也能养育我们的意志呢
"我悔恨……",这样的话
褒琳终于没有说出来,但那不是
对侥幸的放纵,也不是延续一种怨毒
(那还不一样是他们的判决?)
相反,它是一种表白:"我们终于懂得了……"
但他们究竟在想什么?判决的意图如下:
把褒琳和我隔开,今生永不得相见
可这究竟是谁给予我们的最后考验?
我们能够设想,在我们安排的幸福泉源的尽头
插着一个标牌,上面有一行模糊的字影
"关于爱,你们已知道得太多!"
它既像威胁,又像诅咒,但更像一句赞叹

2000.10.23

新 雪

雪落下，又好像在飞起
屋顶和地面铺设的一层
神秘地承受并掩埋着
空气中滚过的声音，远处的刹车
和二胡，发动机在楼下低吼
都是落雪的声音，漫天盖过
雪此时就是一切的碎片，万物的回声
是夜的翅膀飞到了白天
或是白天的梦想跳着舞，直舞到暗夜
雪也有翅膀吗？它有
洁白的引擎和冰凉的方向盘
它驶向我的窗口，沿着虚拟的
太空高速路，但它又不是呼啸的飙车手
它更像从另一个星球
降临的宇航员，掉进了地球
失重的气层；它像
正沉溺在爱恋中的人，幻想着
遥远的也就是接近的
它轻叩着我的窗玻璃，说：
"等着，我来接你

去你想去的地方——"
这是春节过后,第一场雪
这是新的雪,落在我的早晨

2001. 2. 4

松　开

适量的酒精有助于展示你的性格
这并不新鲜,成长的陈年老酒
同样需要一只开瓶器,深入地
掘进自卫的长颈,"要刺得准确
动作更要审慎,稳稳地拔"

边吃边聊,这已成为二人世界
最常上演的戏剧,角色更多
对酒当歌,回忆的版本不断增加
如同考古的新成果,这倒始料未及
其实,我们都掌握了撒谎的分寸

以诚实为交流的前提,旧情重温
婚姻的牢固根基益发坚实
虽然秘密仍然是秘密,热牛奶结膜
不妨碍夜晚的睡眠,必需品
也不是大麻,或咖啡,每天的滋养

谈话,既能把意识逼向生活的针尖
又具有推拿按摩的功效,民主集中的酒精

相得益彰，二人世界，互为映衬
现在，就像我们进行过的拔河赛
一方开始松懈，决定胜利的时刻

就要到来，他忍不住窃喜，表面上
反倒更亲密："我比从前更爱你了"
当她决定松开，这婚姻中，祖传的
伦理绷带，道德拳头，就像高跟鞋
断了跟，她的赤脚踩在了马路上

2001.4.25

黑暗中的舞者

她剥落她自己,虽然她情愿
另一双手的节奏
她缓慢,又为这缓慢而羞惭
他的目光使她更快了些
但她转而选择了从容,她抬头

他在召唤,也是唤起他自身
她知道,他比她更急切些
但谁又能判断:到底是谁更急于承认
这样一种急迫性,难道不是她
自己?自己之内,又一个自己?

她的发触到自己的肩,细微的痒
撩起她的自爱:是的,她也愿
唤醒她自身,那被生活的壳
紧裹住的部分;不,她并不是在享用
禁果,她只是在揭开她自己

而他可会明白?他看,他的眼中
两束光,将这变暗的舞台

圈出两个圆柱的范围,供他们合舞
叠印,分离又渴望……他忽然想
是谁在担任这舞台的灯光师?

她伏倒,微斜,那耸出的
器官,部分地轻触着他的
肌肤,而他正在蒸腾
他不只用目光,他的双手羞涩些
也更贴切,但他怕惊动她,他怕太快

快,是一种态度,她从前想过
当第一次,她被一种蛮力左右时
她哭了,以为她已变成
一个可以完全交付出去的礼物
是的,婚姻有时就像是把双方当作礼物互赠

他以为,快,是一种力的表情,不单单
宣布了舞的节奏。他第一次裹住
一件小于他的形体,并用自己的钻,
去勘探,他看到了梦中的跋涉
哦,多么意外,一个女人是他的宝藏!

她为他的迟疑,虽然是在片刻中
感到欢喜,她可有海洋的深度?
她找寻他的手,帮他掌舵
他们的舞,要复杂些,切不可滑

到浅水中,他们的航船需要颠簸

他知道,他可以有他的俯冲
或翻腾,但不要偏航,有时候
天空会使他一阵茫然,而他的飞行器
需要开阔的自由。他微笑了
他觉得天空有时可以藏在一个洞穴中

她借助他的力,升腾自己的轻
他扎进她的深,倾泻自己的生机
她惊呼,为这播种的重量
而他叹息,那广袤令他敬畏
哦,从种子的睡眠里,他们起飞

他托起她,他们的支点稳沉而又惊险
他们把热度散发,舞的眩目浇灌着
黑暗;闪亮的背景,把他的目光吞吃
而她正在发光,她的波动更绵远
她旋转,奔突,跃起,光影凝滞着

他惊讶,欣慰,一时间忘记了
寻觅,他误以为已经找到;她的舞迷乱
他砰跳的心,暂时归于宁静
他总结:哦!舞才是她的灵魂
那一个个白天都只是些空壳!

"我在放弃",她忽然意识到
舞引领她,舞改变她,舞找到她
而他像在等待,她以他为支撑张开了翅膀
当她起飞,她感到支点即将脱离
像携带着太空探测器的火箭

而他正全神贯注于这奋力的发射
有一刻,他凝住,像舞的定格
而她,感到一种惯性,已把她自己
推往虚空,灵魂出壳,是温暖的
温暖地带她返回,返回黑暗的静寂,与缓慢

舞如何支配舞者,他因为耗尽而苏醒
黑暗是否孕育过擦亮,她发光
并归于圆润:那时,他们更像两株
鲜亮的植物,经受了热力的雨,速度的风
在午睡的太阳里,月亮般轻轻摇晃

2001.5.21

慢

知觉在恢复,从麻木日子的肘弯处
疼痛的慢,如爱的淡味
辣酱刺激胃口,夜宵能醒梦
喝红酒到微醉,血液也感受着
肉体的慢,或热的运行
坐着,坐着,坐在灯下
请求手指的舞步,领会
写作的慢,一生的
多少瞬间伴随着心灵的醒

2001.8.6,2002.4.21修订

未名湖

一

刻名字在石上
镀鲜艳的色彩于文字的凹痕间
这是在强化遗忘的可能性
这是一个时代的心理学
对于视觉的诈降

不错，记忆里有你
那漫步水边的清闲
和朋友吵嘴，与自己搏斗
这些都泛着不灭的色泽
刻上了内心的碑石

也许可以设想，内心
正有一片水域和你呼应着
即使不便惊扰更深处的水族
也愿这另一片水更开阔
也更名副其实，它不需要名字
因为它更普遍，也更深广

二

通向你的路被插上了标牌
探险的意义也就荡然无存
幸亏记忆被收藏得很紧
也许还一度被锁进了课桌
匆匆行走的脚步,比神色更叫人难忘
其中的一些,宁愿把围绕你的
环行称为锻炼,这恰好符合了
教育的暗示,水面也照鉴过
太多的脸孔,并不特别记下过哪一位
因此,说到一个故事
有人往往把它想象为一个事故

2002.3.15,4.22修订

在杨家溪

> 桃花潭水深千尺
> ——李白

一行人里,组合规则起了作用
那是看不见的道理
谁曾细心想过?大家只是
来看一潭水,三面被小山围裹住
仿佛正倾倒着的水碗

重复的游戏,小时候
我就是如此,并非真的积极
常常是三分钟的热度
并从中看到自己和别人的差异
你却满不在乎,坚持自己的角色

水面感受重量的方式
虽然是我们熟悉的,可我们的鞋帮
还是急切地躲闪着,多么徒然
我们置身水上时,也好像

把某种情感暂且托付出去

这漂流的行动就是证明
本地农民的撑排技术
也和我们的漫思合拍,虽然有人
还在枯燥地谈论着诗歌
把会议上嚼烂的话题连同烟圈吐出

我不擅长于倾诉,但我
的确热爱倾听,那如同水的承受感
曾让我陶醉:我以手划水
把足尖挪向竹排的边缘
还试图品尝湖水的滋味呢

导游小姐的音调简直是全球化的
她真的把流水的声响
和不同湖段的水温差异一概削平
就像湖水刷洗粗糙的卵石一般
我们也加入石头收集者的队伍

旅途总得制造些情节、插曲和波澜
比起那些需要细心观察到的
人为的停留,新花样,刺激性的高潮
原来分配在节目单的最后
还来不及做好心理准备

就得面对小小的起伏和障碍
以及那最快乐的一冲
我注意到：船工们细心的酝酿
撑靠的分寸，还有一瞬间的欢乐
表情，衬托了一座人的惊悚

游兴并不总是表露无疑的
更多的人是体力消耗和换一个空间
只有内心真正的清闲者
才会带一堆并不想留作纪念的五彩石块
与湿湿的裤腿离开

2002.9.11

前年夏天在北戴河

招待所的门窗被海风锈蚀
那些斑点也来到今天的这场雨后
以细节为利刃
记忆总是会撬开日常生活
这扇门,处处有裂隙
盗贼却不总是能够雇佣到

那雨雾和临海的小木屋
曾经引发过青春的癫痫症发作
只是你的。同行的人都把它
称作阅读的误导,但其实更像
自我纵容:谁让你小呢?

牌局和餐桌上的座次呼应
逛海市与公路边的散步等同
水果摊是活动的,紧赶慢追
尝到了据说是新鲜的时令佳果
最要紧的是便宜,度假的目的之一

加速到来的,或不如说提前早到的

却遭受冷落：借着酒醉的视力
去海滩游荡，离开众人
想了些过去的事，脚步就快起来
越过散落海滩退潮后的礁石群
你甚至在瞬间总结了一生

第二天，有人指点
——当我们的车沿海岸线行驶
那是你昨夜攀越的巨石
多么平坦而微小，与海面相比
色泽却格外醒目，确实
算得上一块美妙的栖身之地

2002.6.22

选自《松开》

她

这个词需要被看到才能被辨识,在汉语中
光是说和听并不能达成真正的领会
更可能的情况,是误解的发生
相比而言,误读的可能性就小得多
在现代汉语中,她恰如其分地
呈现出她的命运,似乎由来已久
当然,如果你不相信,不妨总是
用你来代替她,当你在诗歌中出现
你会被放置在一个开阔的原野上
好像他们和我都不存在或无处不在
不存在其实只存在于想象当中
而无处不在,大概是在虚拟的网络上

2003. 8. 14

私家庄园记游

——为萧虹作

介绍时,突出了瀑布
那是因为由衷的欢喜
口气,自然不是导游式的平板
你说:因为有了它
这块小农庄便很值了
早上吉吉开车来接我们时
我把它想象成飞流直下三千尺的样子
觉得此行无异于探险
可结果,却是在果园摘了一小时的橘子
把果子都转送给一位未到场的病少年
他的母亲倒是令我们熟悉了他
哪怕只是一个下午的亲近
仿佛总有一天我们注定会见面似的
在这个广大的世界上相遇
需要过滤掉多少未知和可能性啊
我索性在一潭水边沉思了一小会儿
有叫不出名字的鸟儿飞过
我的视线也在这陌生的天空中
跟随它们旅行了一阵子
接着,是去拜访几头品种不凡的牛

选自《松开》

并和一头名叫奥斯卡的山羊打了一声招呼
它只是刚好和王尔德同姓罢了
瀑布呢,自然也见了,不过
是更委婉的一条
从小山的顶上窜下来
绕了好几道石缝,还以各种
不知名的树木与野藤作掩护
这样的探险更类似于捉迷藏
虽然不乏冒险的感觉,而实际上
危险只来自我对蛇虫的恐惧
以及某种审慎的陌生感
我突然想,在这个国度的某些地方
街道,海边,以及这块草原上
我所留下的足迹是否也有生命
或流动,或沉睡,它们是否
能够苏醒,成为复活的记忆
就像瀑布流经某块石头时
留下的褐色痕迹,被季节风干了
变成灰白或赭石色,多少苔藓
和不知名的植被生长过
又被风雪侵蚀、烈焰晒烤
此刻,却被来自远方的手指触摸着
又将在同一双书写的手掌中再生
在打印的诗稿上,蒸腾出几缕芬芳

2003.8.14

合 影

——给疏影

人们表达快乐的方式
其实是千差万别的
不信,你看这张照片
虽然摄影师是临时过客
被我们中的一位叫住
礼貌地请求:
"您能帮我们照个合影吗?"
就在一座石桥上,实话说
我来这个公园不下五次
却还是第一次经过这座桥
桥下的水,不用说,也是熟客了
因为我相信,它隐秘地通向
未名湖,不过,只要查过地图
或稍有地理感的人都不会相信我
我们在桥上摆姿势
流水在桥下仰面瞧着,虽然照片上
并没有流水的笑容,但从我们

一张张表情各异的笑脸上
你就会看到水流的模样

2003.8.14

工 地

不知从哪天起,我们居住的城市
变成了一片名副其实的大工地
这变形记的场景仿佛一场
反复上演的噩梦,时时光顾失眠者
走到睡乡之前的一刻
就好像门面上悬着一块褪色的招牌
"欢迎光临",太熟识了
以致她也真的适应了这种生活
比起那些在工地中忙碌的人群
她就像一只蜂后,在一间自己的屋子里
孵化不知道是什么的后代
哦,写作,生育,繁衍,结果,死去
但是工地还在运转着,这浩大的工程
简直没有停止的一天,令人绝望
她不得不设想,这可能是新一轮
通天塔建造工程:设计师躲在
安全的地下室里,就像卡夫卡的鼹鼠
或锡安城的心脏,谁在乎呢
多少人满怀信心,以致信心成了目标
工程质量、完成日期倒成了次要的

选自《松开》

我们这个时代，也许只有偶然性和突发性
能够结束一切，不会是"哗"的一声

2004. 9. 11

匠　人

他曾拜名师，使用模具
他技艺娴熟，留下过样品
又被另一幅杰作覆盖
师长们的夸赞，客户抢购
如今他离开众人
一心一意，陷入沉思
他随意拿起一块石头雕刻
期待中一个生命诞生
有一个形体，也许并不优美
也许能开口说话，也许保持沉静

她可能一直是摸索，从第一根绳线开始
她捡起来，编织，她纠缠
联系，没有师父，没有样本
当她渐渐从线团中找到结合
和网络的方向，她知道
生命已经开始，她漫不经心
用最快乐的感情
也许她因这创造而闻名，也许她永远隐姓

选自《松开》

致一位诗人,我的同行

给你的诗必须是这样一种体式
两行平行,仿佛我们并肩走在街上

这也意味着,停顿,是在谈话中
转折,就像话题转弯,拐往另一条街

慢,是我们心仪的速度,但也不能
变成一种自我暗示,甚至借口,所以沉默

是的,很久以来我们都互相沉默
就算我们一起走过相同的路,进过同一家馆子

今天,我们有一个明确的目的
你领我去一个地方,如果我选择了跟随

那将意味着:我不再沉默,我需要一个出口
就算我们进入的,是那先行者们都曾领受过的炼狱

2005. 8. 30,11. 2

选自《写在薛涛笺上》

梦 死
——为王培作

1

河流,最古老的镜子
死亡也是。

在死亡中照出一个友人
托梦者来到我梦境

梦中,一个女人步履坚定
河水照着她,黑色身形

2

傍晚的出租车,第七封印
司机和我参禅

死神有众多替身
有时是童年的影子,有时是歌星

熟悉的旋律中,高保真音箱
复活张国荣与梅艳芳

3

这一晚,失眠也算良药
针对抑郁症,医治她的记忆

她的生活是甲虫,有坚硬却脆弱的
背,她把自己扔下去

孩子们问:西比尔,你要什么
她回答:我要死。

4

死是我的早餐,独自料理
简单,美味,盛在大地的盘子里,有形式感

有红色的汁液,与早晨的太阳媲美
死是我的美食,最后的晚餐

昨晚,我没有下厨房
这是我的,人类的最漫长的一夜

2006. 3. 13,3. 19

高空作业

1

"高空作业　请绕行",路口斜倚
醒目的标牌,一条黄色的绳索
在塔楼周边圈出一片空地
如一根低裆裤腰带,松垮着早春的下半身
难得的闲情(或险情?),早饭后你加入
小区内散步的一群:老人牵着狗
保姆推着婴儿车,袖手的也爱停步,唠嗑
春天的草根竟能让自我发绿,在风中摇曳着
期待一朵小花,开出一枝本土红
而她仰望的小脸也想模仿向日葵的浑圆
只是,此刻她提心吊胆,为他
他被一根绳子拦腰拴住,左右两肋各缚一个水桶
娴熟地晃荡,哦!"幸福的脚手架"[①]
中学生的蜘蛛侠!手上的刷子
翻转着,拭擦着,令幽绿的飘窗
闪光,如同一面面移动的镜子

---

① 语出米歇尔·图尔尼埃的小说《桤木王》。

选自《写在薛涛笺上》

在他壁虎般贴着墙的四肢之下
他可曾借此看到,生活在里面的自己?
双层玻璃的透明隐私:"无论你看到什么……
请与我们联系……"① 不!那里面也许有他
对于家的想象或批判,而不久前的一幕
依然刺激着神经:从第二十四块镜面,那女人纵身跃下
几乎不用起跳,重重地坠地,还是在虚拟里飞升?
而他借此学到了抑郁症、恐高症,还有……窥视癖
他细心地整理腰间绳索的活套,将自己
下放到另一扇窗前,用已然肮脏的水
继续清洗,像完成一个庄严的仪式
或交上一份态度严谨而合格的试卷
他合法地偷窥……窗口,卧室、厨房、卫生间
无须绕道,他看过一片蜂巢似的小区一角
在一次高空作业中锻炼了胆量和自我的洞察力

2006. 5. 2

2

接近封顶的日子,塔楼显出了重量
而对你来说,风景中又少了一块天空
坐在每天的桌前,你衡量得失

---

① 语出 BTV-7 某栏目广告语。

但这不是他们在意的,他们关心平衡
一大早,你猜想他们可能还没来得及吃饭
工头就催他们上去,站到三十层楼外的脚手架上

他们要用半个钟头拆除这些金属管子的分子结构
透过稀薄的晨雾,你望见,铁棍子被抽离
几何体被解构,远远的,无声无息,在高空行走的他们

稳当地,用从容的步子扮演一回阿迪力,也没有防护措施
你猜想那不是他们的意图,他们有的只是在提心吊胆中
期待着这次的加班费足够买来孩子的一顿麦当劳

2006.2.20,3.19

选自《写在薛涛笺上》

论 梦

每梦到你一次,记忆便新增了
相应的厚度,如同一本书
自动地写下,像我梦想过的写作
当脑海中闪现,形象和词语
就被记录下来,这隐形的书写
或许被博尔赫斯提及
——而梦是多么狡猾的自我
每梦到你一次,就似一张纸,用它的簇新
挡住了现实的视线,使你离我更远
直到在生活中,意外的相逢
被偶然捅破,并演绎成另一出戏,让我们
在讲述中,重新回到从前,相信
记忆从不可靠,我们的内心
也从不值得依赖

2006.11.30 纽约

云与雪

——赠沈木槿

> 浮云游子意
> ——李白

关在屋子里,纽约和北京也没什么差别
走出公寓楼,沿阿姆斯特丹大道向南
高远的天空,几大片云彩也正赶路
它们感染了我的步调,哈!它们
和香山的雪景有得一拼

想当日你我身形闲散,伪装成冬天
灰蒙蒙的天际线下两棵安静的小树
可我们的话题总是泄露着气盛
一路上,为我们照相的朋友
或许已在心底里大笑了好几回

她是真正的看风景的人。
她是否碰巧窃听了我们的话题

选自《写在薛涛笺上》

她也是真正的游手好闲的人
我注意到,在你的房间里,本雅明的影像
刚好暗示了我们中谁正读着波德莱尔

阅读也是生活!不像他们说的
如此逻辑:在我们书房的门上贴个
知识分子的封条,于是雪景就成了阳春
把我们的秋天兑换成他们的愤怒
浮云的脚步就被我们听到了

踩着积雪,谨慎而不失优雅
虽然那细小的声响还称不上足音
顶多算是落下的雪参与了我们的谈话
但是,匆忙的云不理会我们说了些什么
她只将你朝我挥动的手臂推成记忆中的特写镜头

2006.10.26 纽约

这里,那里……
——赠旋覆

这里有更多的外国人,包括我
提醒我,外国人不外乎自我
各类肤色和族群无非有限的几种
而多元的涵义也内在于单一之中

除了我向你提及的怪人(我提过吗?也许。)
尚不能明确归类,只好概括为个人性
而他们或许真的操练过个性?
但在一个号称民主的国度也是少数

他们中的一个在地铁车厢里穿行
哼着饶舌曲,手抓一叠纸
另一个,朝着周围每一位可能
和她眼神碰撞的人说话

多少语言朗诵同一种生活,以不同的语调
舞台是便携式的,自然不大,鸽子和松鼠
从容地在大街上、校园里扮演飞禽走兽

选自《写在薛涛笺上》

哦,他们有够自我,还是够自由

这里有新生,那里就有旧知
米老鼠改名小灰,《捕鼠记》① 就不是《一个人的战争》②
好一个新生,竟觉得这里即那里
我恋着北京,爱着纽约

2006.9.14,10.11 纽约

---

① 《捕鼠记》,翟永明诗标题。
② 《一个人的战争》,林白小说标题。

哈德逊河畔

——赠 B. B

此刻，定格的小飞机
令傍晚的云霞淡定
蓝底上一抹白，像耐克品牌的 logo
给曼哈顿打了个正版的分

此刻，长椅上，坐着
因散步而疲劳的人们
"请走得慢些"。快是本地常识
一个游人用她的本能回应

此刻，一首诗却可以漫步
可以是两个孩子骑木马玩
年长的努力把小的抱上马背
背景是家长陪孩子练球的绿地

此刻，身边的高速路塞车
河畔公园有如迷宫
"肯定能走到"，因为你望见

三两路人离水面多近

此刻，高大的树木为我们擎起顶棚
练习自行车的小女孩转了个大弯
红色头盔，关节处的护具衬托
更稚气的少年，远去了

此刻，走近的是黄昏，它的步子
却比你我想象得更快
挟持着一阵河风，它伤着了
水土不服中的外国人

2006.9.15　纽约

纽约即兴

散步至中央公园

布鲁斯的天空,流云的节奏
高树都变了颜色,在寒秋的演奏中
枯黄的叶子铺成几块地毯
那分割也严格地遵循了城市规划
中央公园宛如曼哈顿的客厅,我们的步伐
则是秧歌式的,"再慢些",你说。

松鼠忙着增肥,细鸟寻觅草穗
只有鸽子们,它们等着我的面包屑
我们赶往一片湖水:那里,有慢跑者
精心计算小湖的周长。午后的太阳
目睹了好几拨人,它笑着,闪亮的泪水
冲洗着湖面上一小块残妆

小湖今天的约会泡汤了,当你赶到那里
她丢下一句话:请回吧

选自《写在薛涛笺上》

蜗　居

暖气太热了,你无从猜想它
是从哪个孔洞里钻出来的
倚靠在大窗下,带排气槽的金属箱子
是否适合居住,它是我们
这套公寓的缩微版:说着外国话
隔着墙,邻居们严谨的作息嵌入你的生活

适合此国动物居住的屋子
竟然也适合彼国的我们:白天,带警笛的
汽车呼啸着驶过百老汇,最终我分辨出
它们的四种来历:医院,警局,消防队和建筑公司
而我们的楼管何塞却坚称:这里多安静!
当他为我们堵好老墙上的两个大鼠洞

没错儿!老鼠们整夜在地板下磨牙
防火梯被风吹出金属的乐音,它们的确很轻!

方向感

诉诸想象，诗歌有两种样式
我说：我看见，我站在地球上
你答：你在地图上找着了北方
有树，还有太阳，我说。你答：
水是蓝色块，公园，一片长方形的碧绿。

但其实你的回答也只是我的猜想
当我写下这首诗，我省略了你的言语
习惯于按图索骥，此图不包括地下
地图上，曾经被毕肖普写下失去的诗
但我们热心于发现，那地图上的无

每天同一时间，一位乐手出现在时代广场地下
人流汇成了地下河，水波伴着刹车
而音乐，恰似一块暗礁
把这里，谱成曼哈顿岛节奏鲜明的心跳

选自《写在薛涛笺上》

在地铁四十二街

在地铁四十二街,人流的旋涡
那些流浪艺术家才是航标,或暗礁

在地铁四十二街,无足轻重的人们漂游
那位用自制乐器演奏的黑人才是支柱

在地铁四十二街,身涂白粉的女艺术家
优雅地把微笑保持到最长,她练习着安静

在地铁四十二街,低低的天顶在地下
一支乐队的即兴曲就像穿堂风

吹凉了你压抑的思绪,琴键似的台阶
与鞋底,合奏着曼哈顿交响曲

在地铁四十二街,那位大提琴乐手或许来自中国
他把梁祝演绎得像一眼水井

那个跳下去的人不为畅游,而想沉溺得更深
在地铁四十二街,每个人都是蝌蚪音符

风　袜
——为殷海洁作

弃用的港口仍会停泊轮渡
那些支出水面的木桩,像是海湾
被分隔出来的一间卧室,床脚探出
托举着看不见的风的床褥

是的,无形无影的风有这样一具卧榻
也算合乎自然的逻辑。当夜风睡在海湾上
她将退去霞光的衣裙,瞧,一根原木上
栖着饱餐后海鸟一样悠闲的风袜

海湾鼓荡的呼吸里,夜的潮汐涨落
梦着远方的梦,看不见的被单裹着她
当你的海魂衫被激烈地扯向海岛的方向
你仿佛领会了内心,那即将光临的爱的风暴

她裹挟着你,从伦敦到纽约
她裸足跑过,悄然间,你感到离自己多近

2006.11,2007.11　纽约—北京

自画像

1

永远是另一个。水纹
模仿皱纹,鱼尾擎着镜子
嬉戏青春的枝叶,我不会
学那喀索斯,以回声重复表白

2

回声即替身。鞭子
混淆于辫子,抽打一个衰弱的民族
而在密室里,我也曾用它
巩固自学的信仰

3

自我教育需要榜样。手到
擒来的美德,出自本性
隔着时代和大陆,大气层酝酿着
及时雨培育两生花

4

一株草的今生。文字占卜术
努力忘记每天的搜索所得
磨砺目光的极简,使用时
令它如闪电,如火焰

5

尽量不说话。与音乐同居
时时唤来纯语言,我翻译自我
在人群中相忘,而在单独的夜晚
与他们为伴,那叹息使永恒空气颤动

2008.12.15

永 恒

请温和、低声地谈论它
用本能的舞蹈寻找它
用酒的大嗓门唤醒它
用绳索解放它
用锤子的摇篮曲,引领它

用心底出声的沉默拥抱它
用行动、干净、纯粹的劳作
创造它,如一个粗野的生灵
挣扎着求生的
值得与它同饮共寝

在过街天桥上,那个须发皆白
皮肤黝黑的盲艺人
总是一丝不苟地拉着他的小曲

2009.9.17

选自《反肖像》

为爱中的黑暗作

有谁品尝过爱中的黑暗
这种品牌的美酒,萨福说:"去吧
但要记住"。杜莉雅已唱过
她声音中的黑暗飘散了
只余下她闪光的名字
"扩大我内心的黑暗吧"
里尔克的心声,会不会
在铺展中变得黯淡了?
里奇说:"它是一项工作"
而"重新命名"听上去却有点过于现实
因为工作更像是一种利益行为
如同农村包围城市,边缘向
中心进发,相对于扩大而言
……有谁真的陶醉过
爱中的黑暗的漫思
手背磕伤在道德的围墙上
或失足跌进虚无灰心的
烟雾中,被善良呛住
泪水涌出,视野里模糊一片

选自《反肖像》

谁将为真的海市再建造起
一幢美的蜃楼,为爱增辉

2002.1.3

从前和现在的梦想

从前我有过梦想

现在也有,比较起来看

现在的更清晰,像个认真的学徒

我学习自己的梦想

以一个票友,球迷,追星族

的热情,这些也适合用来形容

我这刻苦的自我学习

——我跟着另一个声音唱

但可以说目的就是要成为那个声音

我梦想的一个声音

现在比之过去,也许更短暂

也许只因我已不再听命于睡梦

懂得了清晰的力量正是在细节之中

2002.1.3

回　家

下车后，一时没找到车站的出口
我望见车场一角有一扇铁栅栏门，挤满了脑袋
和伸开的手臂，在暗夜灰白的灯下
好似一幅囚室的画面，我差一点就退缩了
为长途旅行产生的幻觉感到滑稽
我迈开绵软的步子，道路仍然是坎坷的
奇怪的是，门打开了，当我接近铁门
才见到一个门卫，他开门的姿势里自然
没有谦恭，不如说，他是粗暴的
接着，那群人飞快地包围了我
有几个男人甚至拉住我的手臂，还有一个
有力地抓住了我的旅行箱
我不由自主地惊叫了一声，还好
他们及时地松开了，仿佛被我震慑
片刻间，换用另一副嘴脸和腔调
好几个声音表示同一种意思：
——坐摩托，去哪里？哪里？哪里？

我低头快步穿过包围圈，发现其实
就十来个人，车站外面停了更多的车

摩托、兔头、三轮、面包车
和小轿车，有几辆顶上有"TAXI"的标志
根据旧经验，我选择了一辆TAXI
它停在车群的最外围，司机走出来
招呼我时，好像刚从睡梦中惊醒
我坐进去后，发现空调没有开，里面倒很干净
甚至可以说是辆新车。路很远，我问他
是否愿意出城，"去哪里？"
"凌河"，"去的，不过你要指路"。
他的虚心让我放心，但我有没有理由放松警惕
当他问我是否是上学放假回家，我脱口否定
并告知他我是有工作的人，回乡探亲而已？

三十里地的乡程，从县城往西北
记忆中开阔平坦的公路
变成了今夜的崎岖和狭窄：迎面而来的车辆
擦过我们的车身，带出一阵阵呼啸
司机倒是从容，还能与我聊开家常
谈到近五年来城乡的变化，比上不足比下有余
"我们县不是最好的，但也改变了很多"
但为什么这些路反而窄小了？我甚至认不出
那座大桥，当我们小心地通过它
我开始怀疑记忆中的故土：那平原的开阔
和道路的整饬怎么也都变了？

拐弯向西，父亲在前面的大桥下等我

选自《反肖像》

灰尘和颠簸已经让司机开始烦躁：
——还要多久？还有多远？
幸好话音未落，已到了目的地
我付了五十块钱车费
想起司机在途中的介绍："像我开的桑塔纳
全县城只有八辆"，父亲的声音传来
借着车内的灯，我看到父亲瘦削的脸
一颗门牙缺了一块，正开心地笑着
桑塔纳掉转头，向东开去，一阵烟尘紧追不舍
周围忽然静下来，夜幕好像
突然落到我眼前似的，我伸手
拉过父亲的自行车把，在他的咳嗽声中
走上多年前熟悉的河边小路
河水则好像躲了起来，躲在水花生结成的网下
虽然是夜里，这也不难想象：我已经看到了自家的屋子
厨房门外的廊灯亮着，像是给夜色里的家
涂了一层香油，我和父亲说着话
很快我就发现：他听不懂
我的口音，而我对乡音也已感觉迟钝

2002. 2. 13

历史课

（一个戏剧角色的台词）

  各位同学，这学期由我
  来和大家一起学习历史
  从中国古代史开始
  可能会一直讲完世界史
  那时候你们中的大多数
  会升到高三，除了半途辍学
  或改读理科的同学之外
  等你们顺利毕业升入大学
  那时候，你们现在的生活
  包括和我一起读历史的日子
  也就成了历史……毫不夸张地说
  这历史的一页必须翻过去
  换言之，你们得用功
  我也有过和你们差不多的
  中学阶段，说差不多，意思是
  历史有时候是会重演的
  在隔代人的身上
  这大概也是对进化论的一次辩驳

选自《反肖像》

同时又是对哲学悲观论的一次证明
不过,历史还在那里
在一个我们暂时还没有涉足的地方
这么说,我们的学习就好像
是一次远行——中学阶段很辛苦
到了大学里就自由多了
让我们在历史课中寻找某种自由吧
来一次返回历史之旅
或跳进历史的长河中游泳
不会游泳的同学,正好借机学习
游泳并不难学,关键要放松
学会换气,不要总是憋着游
那样即使能浮游一阵子
最终还是会因为没法换气而沉下去
虽然沉到历史长河中,对我们这门课
倒不是件坏事。同学们,沉浸到
历史中,有助于你们思想的成熟
你们会发现,人类的很多重大事件
是怎么发生的,一些历史伟人
到底是怎样的人,英雄和匹夫
有什么差别,如此等等
教科书告诉我们,历史像一面镜子
能够映照我们的现在和未来
这么着说吧,与其说历史如镜子
不如说它更像一块黑板
就是这样一块黑板

写在上面被我们读到的
才能被称为历史；而那被擦去的
有人认为是历史被遮掩的部分
但痕迹留下了，只要我们耐心寻找
就总能发现一鳞半爪，所以，历史
是残缺不全的，好像劫后的书房
书籍散乱了一地，历史书也不例外
一样会被丢到某个角落
至于从来没有被书写的
则正是我们需要用心去发现和创造的一切
有人却不知轻重，把这部分叫作艺术

2003.8.25

地铁里的女士

那不透亮的镜子,窗玻璃
贴近隧道的黑暗时分
帮她认识了自己的美和分寸
尽管周围的人们表情各异
她的却显现出他们的全部

北方的春天太短了,如同
她裙边和靴帮之间的
两截细腿,展示着偶然与必然

2004. 5

盲诗人博尔赫斯如是说

我诗中出现的人物、街景、落日、祖先们生活的瞬间
我曾多次与它们遭遇，每当我出神
我就不只一次地看见它们，从我的眼前，那灰白色的幕布上
就像电影镜头般闪过，一次又一次，也许只有一次
我看清了，用我的盲目，也用我的手，记录下
我所见到的一切，我没有说出的话，以及我多次重复的梦

2005.6.17，10.21

我的国家

称画皮为蜕壳的生物
精于消费话语的一类

如衣服之于啃食了苹果的男女
像火苗对灰烬到来的记忆

灰烬热爱回想
旋起的风指示着它的方向

如果边界也如火焰的那样,照亮但不可接近
如果自由把自己淋湿了
如果我抛弃一切国度,连同死亡与天堂

2010.9.22—23

俄耳甫斯

独唱声渐渐消弭了
歌者沉入巨大的地缝
时代的列车挖掘错综的隧道
在地下盘旋，如羽毛精湿的鸟

词语钢花飞溅
安全面罩后面，目光读出文明的失语症
失重的身体逃离地球
天堂的谎言铺陈精神的眠床

呵，他的牙齿崩裂
吞咽新闻的剩菜，请闭嘴
请进，请这边走，请去死
呵，他捶打末日，报复记忆

他忘却歌唱，数日子，他记账
他厌倦飞行，研制隐形枷锁

2010.9.22

灾　难

我的左耳地震了，而我右脚的小脚趾正患着抑郁症
废墟中，我的听觉呼救，声音越来越微弱
我匆匆追赶你的时候，是什么在拖我的后腿？

从我双肩的交汇处，峡谷间泥石流蠢蠢欲动
难道是末日正为它自己建造实验室？
这颗头颅盛满翻腾的电波，左右转动着，偶尔——

捕捉到台风筹划登陆地点和侵袭面的消息
闪电划过一只瞳孔，顿时，双乳的火山爆发
来自丹田的能量可以和金融危机一较高下

暴政的瘟疫正在大肠里游走
寻找突破口，啊，我的肛门并不准备
传播病毒！可干眼症说明我的地下水正日益稀少

我的两腰冰凉如极地，正迅速融化
变暖的世界将再次遭遇大洪水
它会突破子宫的安静，冲垮阴道，如海啸

洗涤七窍的湖海,密发的丛林
但它们也阻止不了肋骨与胫骨的战争
黑夜的鼻尖冰凉,伫立如一支孤独的灯塔

2010. 9. 27,10. 13

译 者

犁开的泥土公开了它的气味
当种子和水被深深灌进大地
神坦白了她最单纯的意愿
辛勤劳作,在拘囿中寻找自由
松动港口缆绳的激情
是海水一遍遍地冲洗意志的船底
既然在水里,就由水推动你
在随波中认识浪涛的本性
在逐流中安享水的坚实
可不正是大地与海洋
构成了我们的血肉?

2011. 3

这么多

这么多的死让感官麻木于
生的活性
这么多的黑暗让眼睛瞬间瞎了
不再愿意努力去看
带着愤怒与怀疑
这么多的愚昧招引着蠢行
让身体无能
疏于清醒地行动
这世界谁在其中生活
如果死教育不了一个人?

2011.3

远　方

我死了，既然远在另一座城市
一个刚满周岁的孩子在大火中死去
既然远在另一个国度
一个异族女人被踩踏而死去
既然远在另一个省份的地下
挖掘着的工人在瓦斯爆炸中死去
既然远在若干年前
地震中，泥石流中，海啸中，火山喷发中
死去的人正在死去
既然远隔着时钟与互联网
自焚者，坠楼者，被菜刀追砍的儿童
正在死去，就在我写下这首诗的标题的一刻

2011.3

夸 父

他把那莫名的冲动领会成一个挑战
每个人生命都将经受
但他选择了一世界的对手
为使他的回应赢得彻底的完满

有人看到他跑到脱力
满身鲜血仿佛要挣脱皮肤
从每一粒毛孔中激射出来
如同一只飞奔的喷壶

还有人瞧见他强忍困倦狂跑
片刻间他就在疾走中睡着了
呵,最有效的休息
睡眠之神非他莫属

但更多的人记得他焦渴难当的模样
想象他一口气喝尽两条大河
他让河中的鱼虾无处栖身
还叫两岸的村庄干旱了三年

选自《反肖像》

反肖像

1

她随手拍,透支将来,挥霍虚拟
她有白日梦收藏癖,她席卷她视野所及
她给想象加滤镜,为现实和情欲调焦
令死亡看上去美观些、安静些
再用单调的咔嚓声为风景配乐
内心深处的空旷废墟恰如一部默片
多么简省!微博时代
她漫不经心把卡片机揣进提包
她活埋日常生活,翻译无语
饮用或吟咏丢失的诗意
爱情,永无休止的休止

2

他拒绝照镜子,因为他
自认就是镜子:让世界投影在他之中吧
时代英雄,玻璃是钢化的
脆弱也萌到家。对,他就是他
待价而沽,包括有关他的一切
粉丝团就是他的人民
他为需要而活,"来买吧!"
他咒语般从头到脚冒着热气
写字即烹饪,更新,意味着美味
他懂得如何叫食客们一哄而上,争抢沙发或前排
香精、防腐剂和色素调制而成的他
出锅了,大秀才能、容貌与脾气
当然他拒绝照镜子
他,网络上的道林·格雷

选自《反肖像》

3

尽可能地填满
除了睡眠之外的其他时间
尽可能不去纵深思考
机械点，再机械点
几根指头就可以
用代码和图像就可以
用想象做外挂，升级
成面具艺术家，有限复制的 ID
瞪着各种屏幕看
就为证明：是否真的失去了那个人！

2012. 1. 29，2. 1

选自《云的拼图术》

一首诗的愿望

1

听！音节，字，词语，一段声响
情绪的长度，占据空中，有形的虚拟
听它奔跑时的姿态，颜色的变化
听它独自行动时秘密的方向
那里面，藏着爱、痛苦，以及悔恨

2

切开一块肉，往蜜里倒酒
在枝头嫁接会飞的鱼
坐下时，风流过耳际
风，被印刷成历史的 T 恤
物质吐出它自己的舌头
对现实扮怪相，无补于事的花招

3

依靠气息的绳索固定词句的木板

选自《云的拼图术》

在河流的精气神中,水与空气咬合
时新的巨轮中隐身一条古老的船
你就是它的龙骨

4

存在之好,答案唯一
此刻,当疑问成形
我就会现身

5

可敬的读者,你应该原谅我:我如此肤浅
请你保持期待:我有痛苦,也胜任快乐
那克制说出"希望"者,如此稀有
原谅我收回眼泪,酝酿风暴
如此稀有,攥紧"记忆"者
诞生和死亡一样美,沉溺在时间中
但死亡催促你,死亡,消费着你的水与血
而我,一直是永无止息的流动

2012. 4. 2

说　服

你的态度是否暗示
只要我能够说服你
你就甘愿听从我
尽管未必合适的建议

假如我们都不需要说服对方
我们是否能够达到最后的默契

一个问题：喜欢和必要
你觉得哪个更重要
啊，这取决于你想成为怎样一个人
我是这样的人，正如你看到的
难道你确信你不需要变得更……好？
只要我自信不会变得更坏
你如何确信你不会更坏
如果没有这点信心，我就不是我了
顺便说一句，你以为我不信任你么
如果你信任，你就不会发问

我们总有差异

选自《云的拼图术》

差异有什么不好
我希望你能够爱我之所爱
我倒希望我能够保持和你的不同
假如我之所爱有益于你我之爱
假如你我之不同更有助于你对我的了解
我是了解你的
那就不需要提出更多要求

2002. 11

忏悔诗

动物是人类的镜子
我是你的
我在你的毛尖上跳过舞
从你的呼噜中闻听生死的秘密
虽然只是一瞬间
总有一天，人类将破译
所有动物的语言，包括你的
我想象你的恐惧
和对于连同我在内的
人类的愤怒
——我不爱你
我爱的，不过是刹那间
激烈的内心所掠过的对人类的绝望

2011.3

雪的告白

(For Si-an)

我只有一片,或者说,只有一个我
你看这漫天飞舞的,都是我的分身
呵,你会笑我竟相信传说中的忍术
既然你也严肃地讨论过童话的真假

就在这样一个早晨,你从地铁里出来
看到整军团整军团的我,侵袭这个城市
看啊!一只喜鹊衔着一根树枝
疾驰而过,要修补她其实相当稳固的窝巢

你凝视天空时,可曾体会到一种慢中的快
我在飞,又在降落,在槐树细致的枝桠间嬉游
和你的目光捉迷藏,隐身于悬挂在梧桐树顶的枯枝
我在大地和屋顶铺展,亲吻你的双脚,填充你的镜头

我乐意如此:致力于冬的舞蹈,活跃于你我之间
言语的蜜,又远又近,风的唯一……

2012. 12. 12

爱

所有爱都由蜗牛的泪水调制
也许,你会加一些泥土、冰渣
混杂着金橘香味的木屑
以及粗纤维的粮食。突然而至的
风,带来一阵不安的节奏
这也是爱的色彩,它过于浓郁
需要吹散开,需要打断它
一旦赋形,它就死去

爱不是饮料,也非灵魂的
分泌物。流动的不只是水或空气
嘴巴张开,词语不一定显身
在无助的瞬间,乘虚而入者中
有它。开门后,你看到的
是它背后的那个人
狡黠地笑着,藏起了什么
你从未承诺的愿望

有时候,需要来一场雄辩
去武装爱的公信度,羽毛的梦境

选自《云的拼图术》

有时候，毫无理由
爱成了饥饿的镜子、花朵
以及倒扣的纸牌。手掌擎起
虚妄之旗，号召爱的起义
有时候，它静候意外发生
仿佛专为了向命运致敬

现在，你就坐在我的对面
爱就像一缕不存在的青烟正穿过
身边的窗户，抓住它
如果可能付出全身心的力量
铭记这一刻，尽管调动
各种感官后，发现它
依然廉价如一张迟到的明信片
期待你我发现它的珍贵

2013. 7. 13

密涅瓦的猫头鹰

她不露面。她出声,但没有龇出尖牙,她很迟钝
据说智慧总是慢一拍,你不会立刻附和它,你与她签约
也需要时间做一回中介;而时间,刚好是我们的补偿

她应该睁一只眼,至少一只,当然她有不止一双眼睛
或者说她有三副面孔呢。请转动脑袋,你的猫头鹰脑袋
不用回头,而在相遇中,我们就是彼此的岸

2013. 9. 29

诗人的功课

节制是刀刃在呐喊之前瞬息的迟疑
警觉是眼睛眨动中仍旧意识到自己的位置
坚定是石头被海啸带动后学会了游泳

自由是与锁链共舞,看谁先踩准
音乐中的最弱音,然后请对方来一段独白
一整出戏剧发明了一个个夜晚

当帷幕拉上,重复是回到身体时
关节和肌腱相互致敬,只有一次是有效的
拉伸运动测试你的诚实如飞去来器

呼吸属于音乐,叩击键盘与运行笔尖
都试图与你的气息一起嬉戏,角力或彼此相容
照镜子是偷懒的行为必须严加禁止

时间是永恒的动词,正如你一旦开始
你就得披上这件外衣,戴上这面具,随时准备摘下

2013. 10. 3

变形记

我外婆说她年轻的时候躲鬼子
和她的兄弟们一起跟着他们的母亲
他们往五月的油菜地里躲
他们往朝北的河坎里躲
他们往无人光顾的破庙里躲
他们往闲置的车水棚里躲
草垛里、坟场边、竹林和暗渠
平原上能够藏身的地方真的太少了
但哪里荒僻哪里就有他们的行迹
我外公说他有一回来不及跑
就跳进一条小河潜着水
一袋烟的工夫,还是一炷香的时间
他才敢从水底爬出来
我母亲小时候跟着她的养母躲反动派
她们藏身在一户穷邻居家
那户人家的房子远离村子的中心
一间几乎倒塌的低矮草屋里住着老两口
我母亲眼中反动派白衣白裤刺刀闪亮
她是个好奇的小孩
在危险中也敢于探出脑袋看看这个世界

选自《云的拼图术》

他们在讲述时我就脑补了那些场景
她们东躲西藏的模样,有的一往无前
有的不断回头,有的一边奔跑一边祈祷
有的鞋子掉了一只都不敢回去捡拾
有的那以后不断做着相同的梦
甚至连我的逃亡之梦也与此有关
我躲不知名的危险
我躲面目模糊的追踪者
我躲内心里的懊悔
我躲一切让我无法面对的
在梦中,桥梁断裂,悬崖当前
最后关头,我对自己说
好吧,我是一棵树
一棵树,一棵树,一棵树

2014.2.20

死在午夜降临前

这里是车站

是出发和抵达之所

通过它

连接了家、恋人、一份工作、休闲和友情

这里是开始而不是结束

这里是期待而不是恐惧

这里有很多人,陌生人

也有家人、结伴的旅人,以及即将相识相熟的朋友或恋人

这里人们带着行李

那些他们认为属于自己的一小部分必要之物

干净的内衣裤、折叠整齐的衬衫、包在塑料袋里的鞋子

挤在箱子里,为了继续被穿戴而准备着

一件礼物藏在衬衫下

提包里有带给孩子的巧克力

手机里有恋人的照片或视频

云端有刚刚去过的景点的风光

他们感到满满当当的

甚至有些沉重

对于旅途中的人来说总是会有这种感觉

选自《云的拼图术》

他们来这里时已经接近午夜
他们中的一些只是在等待出发
另一些则还需要一段时间
决定何时出发，哪条路线更合适
这些不能完全取决于他们自己
他们都身在秩序中
也创造一种秩序
他们身边的陌生人也跟他们差不多
他们会友好地等在你后面
或者不经意地跟你搭讪
看你是不是去往同一座城市
或者干脆默不作声
仅仅表示他们认可自己等待的处境
他们只和自己熟悉的人交流
他们手机不离手
他们的表情也只和微信的朋友圈有关
那么他们在这里吗？

又有什么关系呢？
这里是车站
有关过客
就算是个隐喻
又有什么重要的呢？

他们不会费心去想
关于身边的陌生人的一切

关于他们有多陌生或疏离的根源
不会联系到那种莫名的恶意
会波及他们自己
当砍刀离他们的身体只有一毫米
他们也不会认为是来自仇恨
或某个理念或国家政治或恐怖主义
他们本能地躲闪、奔逃时
也来不及去理解这样一种暴力
和它背后更深重的冲突
他们的死亡只成为矛盾放大的图像
刽子手和他们在这一点上重合了
这可能吗？这是亵渎吗？
鲜血、尖叫、倒下的人、散落的行李箱

离出发仅仅只差一步
离抵达仅仅只差一晚

2014.3.2 闻云南昆明火车站暴力事件后作

选自《云的拼图术》

哪吒的另一重生活

1

他出生时父亲正在地里除草,披着初露的星光
竹篮散发着湿土与植物汁液的香味
仿佛献给星夜的祭礼。大海渗入
沉默的男人汗腻的鞋底,他差一点滑下田垄
当邻居远远地喊他,报告那月亮的喜讯。

一个浑身通红的婴儿,在油灯下大哭
他的母亲曾希望他是个女孩,有着圆圆的眼睛
以及清脆如春笋的歌喉。他会唱尽世上
所有的歌儿,包括那些没有被小河创作出来的。
他将使黑夜永远年轻,黎明戴着雾蒙蒙的眼镜

不,他不会去追赶太阳,虽然他肯定会上路
他驾驶四驱赛车,挎着记忆的帆布包,朝着远方
太阳键盘和月亮鼠标开垦的道路,甩开尘烟般的死亡
他是一位诗人,与痛苦、不义、遗忘为敌。

2

东海的孩子有一颗西海的心
海水的力量灌注他七岁的身体
他漫步沙滩时,潮汐锻炼着平衡
他用头脑中的虾兵蟹将推举出一个对手
消遣孤独时光中的那一阵黑暗
他叩问天地之间一股精气神
宣称肉体的可替代性以及技艺
那可以出神入化的秘密
他始终是个孩子,年龄可疑
心智稳定,生活在传奇、演义
和不断更新的神话里,清脆地喊一声"我来也"

3

粉色的肌肤被阳光和海水映衬得闪亮
声音脆嫩如一根新生的芦苇
他奔跑时,脚下的泥土和细沙发出欢叫
多么值得!多么孤单!
他急躁的性子幻化为脚下的风火轮
他挣脱天地的雄心打造一只乾坤圈
在浴火的圆周中,他练武、读书、玩耍
父母生下他,仿佛为了抛弃他
师傅教授他本领,也改变不了剧情

他急忙中冲杀，为了一个自己尚且模糊的认识
他被父亲杀死，为了一个最终不会被他承认的体制
他被埋葬过吗？他的敌人快意于他的抵偿吗？
如何理解他的复活？没有上帝的恩典，不是奇迹
一口仙气附在一具玩偶身上，叹息着迎来新生

2014.3.27—29

精 卫

1

身躯单薄如纸糊的窗扇
经受着清晨略微湿冷的风
睡足的太阳放出数百万的箭矢
驱逐暗夜里悄然占据沙滩的寒雾
光芒的箭头发出细密的沙沙声
没入沙地仿佛隐身地洞的虾蟹

她随手抓一把沙土任其从指间流淌
留在掌心的卵石划开空气的波浪
钻进阳光的深海,惊起翅膀的旋涡
她随意来去,细致地感受
远处,海天之间摇荡的鳞片呼唤她
她褪下棉布衣衫,要去穿上那闪烁的
光芒与柔水织就的无垠的羽裳

她溺死的瞬间,可曾领悟到肉体的沉重
仿佛她的一生只是一件容器
这生命的本质启发了她,她变形或复生

选自《云的拼图术》

在一只鸟的躯体中,抓取最轻微的武器
她不是西西弗斯,鸟儿的叫声是她的新名字

2

她本可以骑波浪,跨劲风
骄阳下自由来去耍东海
她脚步所踏之处,绿色更浓,花儿垂首
群虫争先恐后,忙着整理她的衣襟
月亮负责她安睡的夜晚
潮汐的摇篮曲跌宕于她的性
她醒来,梦悄然退入夜幕背后
她回想这重叠的生命,几乎有三层
在她的出生和死亡之间交替
她的父亲是炎帝,因此她有
火焰的脾气,海的欲望和必死的命运
当她的双足被海水浸湿
她便感到了翅膀的力量托起
那是缺席的母亲,隐身在她的双肋之间

3

翅膀托举着的那颗心果真是不死的
她叫着自己的名字,像一只猫
模仿着、回应着造物主赐予她的身份
她将守护的也是唯一的自由

她又一次来到这里,透过空气中
紧张的光线,她甚至听到了尘埃歌唱
为了她那刚刚失去灵魂的小小身躯
依然在海面上漂浮如一条迷航的小船

转动鸟儿的新脑袋,她试图看清
一个大海,它波浪的巨嘴里深藏的秘密
"一座挖好的坟墓",她听见这声音就来自她
难道一切都将回到这里,流动的归宿?

她衔着细小的树枝,坚硬的石子朝下丢去
用她安静的坚持,试着造就这座世界的摇篮

2014. 4. 12—15

诗

呼噜呼噜,一只猫脑袋挤在
我的臂弯,毛茸茸的前爪搭上我的手腕
我不能松开胳膊,一首诗来到指尖
我不能惊扰我的猫,以及那均匀的呼吸
——它在我的脑中盘旋着不肯离去
我必须小心地、慢慢地移动手指
用最轻柔的步子,在白色文档中
跳完这支舞。而我的猫依然
熟睡着,它也许梦到我正在写一首诗

2014. 4. 16

死者之诗

一些死者期待我们沉默
另一些死者命令我们
唱歌,一首告别和遗忘之歌
我们别无选择,一支歌来到喉咙口
我们试图咽下它,像吞吐空气
胸腔起伏如潮水摩挲暗礁
一艘巨轮会路过这片海域
一声巨响将改变一部分人生
音符在空中飞动如精卫鸟
搜寻着幸存者
一些死者加入我们,对我们耳语
要我们寻找那些散落的羽毛般的灵魂
一支歌披着诗的外衣
等待在空旷的夜色中的沙滩

2014.4.18

选自《云的拼图术》

哥本哈根的月亮

——为格丽特而作

1

六月,明净的夜,月亮飞奔于云朵之间
海面上,岛屿和建筑俨然减重的神
克莉斯蒂亚娜湖边,皮影般的鹭鸶,鹅群
蜗牛贴着路沿伸长柔软躯体上的触角
测听被大麻迷醉的游人的脚步
和那并不久远的叛逆、革命或颓废

枝桠密织,湖心岛上群鸟轰鸣
向游人腾起一段往事。此处严禁拍照
但无妨眼睛的进补结合心的畅游
星际若有絮语,不过如此
云被层叠,高风助推,穿过星空的穹顶
并不减步速,誓同海上巴士赛上一程

而那个异乡人正用乡音拉响
文明的汽笛:注意!那没有显形的阻力!

2

海上巴士张开蜂翅,透明着,与海水混淆
巡游于这片水域,匆忙停靠,仿佛一蜇
瓦蓝与橙黄,天空的惊叹,小岛城市的流线型
花园,港口浮动如花朵,深色玫瑰
吞吐蜜与露,甲板上儿童活跃
但有一个是安静的,坐在船舷上出神
聊天的小伙伴突然哄闹,速度与海风猛扑
他们的金发如火焰,年轻的火炬

一个孩子的沉静如海底
呼应着异乡人凝神的隔膜
她感觉疏离,像所有被放逐的人
拘谨地坐在过道边的位置上
好像随时准备一跃而起,遁入水中
捞起你那崭新的眼睛观察周围
风景还是原来的,只因观看者而变化
她和孩子们中间隔着一道光

3

大块头建筑,密集如码好的骰子
那些古老的房子,有着尖顶教堂的铜绿

选自《云的拼图术》

地铁口进出,纷乱而有序的人们
迟疑者多是游客,飞转的自行车轮
仿佛模拟赛道上被遥控的样品

跳蚤市场在宗教节日的街心花园举办
晒人的午后阳光下,你等着远方的信息

沿着看不见的电波、磁场和航线
落入你手掌中藏身。只是你依然匆忙赶路
从新港到新歌剧院,步行街和水上巴士

名牌商店占领了主要商业区,这里和那里
只有脚步不同,只有思念总被镀上新的光线

4

你说,全世界的大都市都有一条步行街
街边的商铺也总有那么几家。这里,也不例外
只是,游客没有那么多,天地干净得叫人惭愧
我们跟着人群漫游,遇到每一处风景时停下
那么随心所欲,仿佛过去的紧张生活不复存在
又好像我们在加速挥霍机遇和幸运
在如此无序的安排中把握造物的奇迹
人们相遇,互相了解,转身离开彼此
我们将之称为过程,一条线的模样
不管你怎样抻拉、扭曲、颠倒,但,如果是一只圆

没有开口处,它沉静地关闭自己,像个沉默者
我们在圆周上滑行,制造切线,仿佛被加速度
甩了出去。而如果我们安稳地滑着,没有任何
创造花样的打算,那可是门艺术!也许我们
就相信了命运。现在,你沉默片刻,告诉我
但如果我们只是在圆的里面,那会怎样?

5

两千座岛屿的国度。极地之光下喧嚣的
沉寂。你注视每一个人,生长缓慢。有流星
划过世纪的深夜,耀眼的陨落与诞生
我们跨大步穿城而过,谈论凯伦·布里克森
她怎样远赴异域,又如何回到故乡
而不远的图书馆里存有她的全部手稿
这里有童话和哲学,深藏在高窗背后郁闷、发酵
还有月下美人鱼的低泣,她怎能忍受成日被看
游人如急雨,如单曲循环,如透明的盗贼
我愧疚,愿与你们一起慢下来
像一座生长中的岛屿,愿提供我的肩头
给安静的儿童,在世界上任何地方,领会生与离

2014.6.17—28

尤利西斯

他离开家,头顶着一团烟云
虚幻的降落伞令他感到安全和放松
他出牌时甚至有一点慵懒
并不像一名宇航员努力练习着失重状态
几杯酒下肚,仍能够在理智中争辩
大街上刮着大风,细语中难掩心思狂暴
他为了返回而出发,为了终归平静
而加入人群。一切冒险都是身不由己的
他几乎想到了半途而废,因为放弃
也能成就他,当代人!人们围绕着他
葬礼,通奸和内心的拷问,他真想遮住
视线或干脆闭上眼睛,难道睡眠不能帮助他?
不能!他因此拼凑白日梦,吞咽雾霾
适时拉住那个年轻人,与他同行

2015.4.5

决 意

色彩嬗替的街边风景
细风吹落绽放殆尽的花瓣
油嫩的新叶像是树身挤出的绿血
我走在去年冬天新踩出的土路上
穿过桃树、银杏和连翘布置的绿化带
二月兰如同新铺的地毯
顶着一层青紫色软毛
我决意不再是我
萌生的愉悦并未加入轮回的游戏
咀嚼几个青涩的词
耳机中的节奏带动想象的舞蹈
流向四肢之端
要把这绵力传递到它应施展的地方
若能收放自如
若能凭着热爱和忍受继续
我就能接通生命的核心运化能量

2015. 4. 10

长短句

她依然在寻找自己的紧张感

不是试图放大生活

而是对细节有能力判断

一口气说出来

沿着活跃的思绪

既放松又警惕

在束缚中感受自由

让思想的浮力托起身体的滞重

思想有时候是顿悟

以蜜的代价

有时候它编织自己缓慢成形

并不负责治愈时代的病症

贪婪、权欲、自我、放纵、抑郁、浑噩

这些词包揽了我们的日常

匮乏来自每一个人

如果她思路不畅

说明她没有抓住要害

也许应该从一个词开始

的确,一个词

带着你,跟随你,陪伴你
一个词在一口气之中存活并乍现

2015.4.11

即兴曲

——为童末、宇光、薛喆诸友作

昨夜的酒杯空了,记忆的杯底残存甜涩
那些欢笑,会心,严肃的讨论,偶尔的任性
依然能唤起头脑中碎片的声响
朋友真挚的面容多么清晰!我还能记起
他们驱车沿着五环路,穿过雾霾
带着他们的烦恼和急迫,心的引擎
我们烹饪诗的灵感,调制数码的发现
歪坐在时代的沙发上,并不放松
反复讨论的话题如同一根根丝线串起
我们互把工业化的脉搏,为灵魂腾出必要的空间
即使这城市的房价居高不下
我们的梦,并不吻合任何集体的幻觉
我们只追随那极少数的一群
愿我们踏实绚烂的步伐结出一枚智慧之果

2015. 4. 21

她出现，然后消失

电视正在播出文玩类节目
新发现一处玛瑙原矿，记者及时寻访
某省的贫穷山区，推土机搬开小山包
乱石满地，形同废墟。她头扎一块旧方巾
拖着竹筐四下探寻，像机警觅食的动物
扒开石堆，翻检石块，迅速攫住一只
好像随时都会滑溜出去的锦鸡
她凑到镜头前兴奋地展示，那包裹在石质里
隐现的光亮和色泽，随后是宝石的特写
以及包裹着它她皲裂的双手
她用一杆小铁锤轻巧地击落石面周边
玛瑙整体显现出来，伴着几声赞叹
她把玛瑙石丢进竹筐，继续干活儿
这节目差不多大功告成了吧
镜头切换到一个场景：她仿佛心满意足
告诉记者，她已经是一名熟练的觅石和采石工
刚从村里来到这里两个月，挣了六七千块
但是，他们挣的更多，那些包工头
他们租卡车，拉着我们这些从村里来的
中午包我们一餐饭，他们一天就能挣到上万块

选自《云的拼图术》

镜头一晃,不予评论,节目告终:
头扎方巾,灰头土脸的采石工
在敞开的卡车厢挤成两排,与几十袋玛瑙石一起
轰响着,一头扎进屏幕深处,绝尘而去

2015.5.16

南　方

我的南方，贮存雨水、翠绿、闷雷和溽热
我的南方，雾气洇开拔节、涨潮与躁动
我的南方，一股沁人心脾的腥臊、煤烟、油香、粪臭
船桨曾经在河水里悠游，而扁担安卧肩窝中哼唱
那里，重力汇聚，灵魂萌发她自身的翅膀

我的南方，嫁娶与丧葬的颜色惊动流离失所的泥土之神
酒浆在田野四溢，唢呐俨然失传的古意
我驰入人群，奔忙的东风迈进金黄的油菜地
蜜的足迹，花田中心热烘烘的劳作
正午降临我的南方，植物娇嫩的尖顶，眺望霞帔

浅浅的褐色泥土下，怀抱虫蛹的根须一起抻长昼夜
宇宙安睡，启动心灵开机的那一瞬间
我的南方和我自己互相梦见，也或者是
在同一个梦中，文字潜入血液的冒险

2015.4.2

选自《云的拼图术》

无题,有情

1

没有刻意和身外的一切保持距离
相反,她全心全意投入
不及细想那本该令她失望的现实
像是把自己当作一枚石子,丢进一潭深水

2

把自己丢进深水
她无意畅游一番,相反,她下沉
为了一探究竟,深度、高度或自由度
她着迷于此:浮力如同飞翔的牵引

3

如同飞翔的牵引
她在人群中踮起脚尖
目光越过了众人的脑袋
身边发生的一切就像风

吹起她的衣角、头发和愿望

4

像风吹起衣角、头发和愿望
像困倦但坚定的早晨
跨出脚步，暗绿色树叶
浓重、深厚，积蓄了夜晚的气力

5

积蓄了一个夜晚的气力
枝叶在清晨吮吸阳光的乳汁
为季节燃起了橙色火焰
以及寒冷也不能夺走的生机

6

寒冷也夺不走的生机
植物筋骨柔韧，淡色的血液
充实叶尖和根须
清风扮演好客的新主人
匆忙、亲切、敏感地周旋落叶

选自《云的拼图术》

7

好客的风卷起最初的落叶
要送它们前往大地的客厅
在坚硬的沙石路面上拖曳着它们的脚跟
老人沉着自律,不失优雅

8

老人沉着自律,举止不失优雅
我热爱他们晚年的智慧
学习衰老并非易事,何况人们
习惯于劳碌,如年轻气盛的蚂蚁

9

蚂蚁在植物的根部忙碌
细致地挖掘通往蚁穴的路径
要把整个世界搬进一个个小坑
它们总是成功,使生命完备

10

成功学的上帝发号施令
通过电台,调集偏远和穷困

在耳朵里开花结果
堵塞交通,迷津里的空气迷走诗歌

11

诗歌不能治愈咳嗽,也不能净化空气
聚会上不合时宜地擤鼻涕
身体抢先宣告兴奋过度,也许
我们一生都不能放弃内向的观察
以及适当的未雨绸缪

2016.9.3—5

选自《云的拼图术》

独角兽父亲

雕花木床上我找到了各种珍兽
麒麟是不是独角兽?它是我的父亲
就像在拼图游戏中,我记起它的
颜色和动态。我父亲卧在
雕刻匠们努力制作的那张大床上

我母亲则像个精灵来去不定
拒绝被塑造成一只骑跨在猛兽身上的
少女战士,她和过去的自己争吵时
就连夏天的小溪都会停止歌唱
我的母亲爱上过独角兽吗?

雕刻匠们俯身于他们的木板
用凿子与刻刀细心地推敲他们心中的乐音
有一阵子我犹豫着要不要打破这宁静
因为我也想当个雕刻匠啊
我在纸上画一匹独角兽

我妹妹只喜欢跳舞,一旦舞动
就停不下时间,她为发条找寻座钟

她梦想成为珍兽乐园里的莎乐美吗?
舞蹈着穿过水面、跳上苦楝树梢
她的独角兽是一名忧郁的看守

暴风雨就能轻易掀翻的草屋里
雕花大床拼合成功,雕刻匠们即将离开
可我还没有做好准备呢
我到底会是一个刻工,还是一位画师
或者一名驯养独角兽的少女
抑或是莎乐美,怀抱着独角兽头

2014.1.12 初稿,2017.2.3 修订

母亲与苦楝树

苦楝树淡紫色的笑
自密集的叶丛中满满地涌出

带着心满意足的绿,她注视生活
我的母亲是一个苦楝树支点

放学回家的路上我能远远地看到
无论晴天或雨中,她的身体吸满能量

她谈笑中突然流露的怒气带着一丝咸涩
无论如何,苦楝树液是有毒的

或许如此,啄木鸟没有在她身上敲打过
但她的花簇会有蜜蜂光顾

披着透明的大氅,蜜蜂是夏天的勇士
剑术出神入化,背着金黄条纹的炸弹

绽放的花朵就是被炸开的弹坑,如此说来
苦楝树就像战争中被摧毁的村庄

我母亲的午睡就如被炸翻的瓦屋
她翻身时竹床吱嘎作响,哦,叹息的苦楝树

从排水漕里流淌过的天水
也许摸到过苦楝树根

希望总是藏得很深,被现实的风箱抽出
灶膛里火焰噼啪,涢开苦楝树枝叶的苦香

2014.2.15 初稿,2017.2.4 修订

云的拼图术

1

干净的镜面,秋天的蓝空
没有一架飞机或云朵,它向着灰色伸开
它的翅膀,将远方起伏的山脉,轻轻掩住

2

阳光和烟形成的波,他的神经游泳
他决计消磨生命,看皱纹从镜中送来田野的春天
时间有一块玻璃皮肤,不堪一击,宁肯在土层里掘进
像一条蚯蚓,他索性把断开的生活分成两个

3

把自我交给那款游戏,在其间
输赢无所谓,消耗时间,仿佛它是一道道菜肴
等待国家的胃消化掉,而它的愤怒在于:每个人
不过是一架架迟早会遭淘汰的机器

4

天堂里有没有医院
一个坐在候诊室外的人纠结着

5

有人被雨水抓伤
有人被玻璃窥破
有人被水滴洞穿
有人被足迹觉悟

6

锁链自有其哲学,藤蔓热爱几何
从一条鱼的嘴巴里,吐出艺术的烟圈

7

一幅画就是一面镜子
映照出那在别处的生活

8

从河流的向度看到永恒

选自《云的拼图术》

从火焰的向度看到永生
而我们,有权拒绝从死亡的向度看

9

这色彩并非我寻求的,而是我梦到的
这词句并非我写下的,而是我遇见的

10

从一只蝴蝶的翅上
我裁下了它

11

花朵在自己的噩梦里燃烧

12

节日里被自己的光映照的迷途的灯笼

13

沿着枝条、血管和电缆
沿着我写下的句子的行列
沿着我们朝着某个方向的步子

沿着来路和去途,画笔的踪迹

14

每一个梦都是关于诞生的
石凳上,小猫梦见她出生时就具备的厮杀技能

15

你青涩而急切的美触动我
夏天流过,那么快,水上惋惜的光线是柔和的

16

平静是微风拂过细密的白杨叶
好让阳光的镜面照出你的克制

17

沿着那看不见的花朵的额头,桌布方格
和空杯子中的余香,窗檐凝结的鸽粪,绿萝疯长
记忆活跃着,仿佛一团火
驶向一个名字,运动中的戏剧

18

利刃般切向黑夜
浓雾般堵住睡眠的门
哦,多么美好的一个梦
深夜醒来,不知身处何方

19

爱如一只圆
圆心是放弃

20

当我们曾经是云
风吹开又聚合着我俩

21

醒着,爱着,哭着,睡着,想着
彼此在彼此身边,世界如此生动,而又完整

22

昨夜,细雨用细语唤我

梦中有一只猫猫着腰
对着我的耳朵喵喵叫

23

柳丝织柳帘
行人多独行
思念刷微信
相逢换语音

24

风是树的呼吸
树是风的衣柜

25

唯有阳光是最好的擦洗刷
昨天的风雨过后
世界又干净了一天

26

先知混迹于贩夫走卒,有翻译腔
用脚步丈量时间和无能,为虚无造塔
看不清的翅膀提起两肋,他们行走,仿佛跳跃

27

童年的语音竟然还在记忆中
随时可以调取,仿佛我们另有其人
活在名叫海马的天堂

28

在春雨中摸到火焰,一个奇迹

29

你要一个田螺姑娘
还是一个灰姑娘
她们都是好姑娘
我不知道应该扮演哪一个

30

我在等你
你在等队伍变短
排队的人等着一个判决
判决等着所有的人

31

太阳升起,轰轰烈烈
光芒的鼓声震醒了我俩

32

在垂柳下走路
莫名生出离愁别绪

33

因为偏爱某条路
你绕了很多弯路

34

世界的宽度约等于人心的宽度
而我的心,略大于你所设想的宇宙

2012—2016

后　记

一

收入这本选集里的作品，大约占我二十年间所写诗歌的一小半，我依之前出版或印行的诗集编成四辑。其中，《松开》（2007）是我的第一本正式出版的诗集，收录了1997年至2005年间写下的大部分诗作。《写在薛涛笺上》（2010）乃受诗人潘洗尘邀约，作为他主编的"EMS周刊·新作快递"中的一本，辑录了2006年至2009年间写下的18首诗。2013年，定居重庆的诗人张尹邀我加入他主编的"现代汉诗"系列第5辑，由此出版的《反肖像》除了包括《写在薛涛笺上》大部分作品之外，还增录了10首新作及13首旧作。《反肖像》是《松开》集之后较为完整的汇集，应是对之前我的诗歌状态的一个小结。我特别感谢潘洗尘、张尹两位诗人的约稿，《写在薛涛笺上》和《反肖像》属于一种诗歌小册子（chapbook），本是国内外诗歌出版与诗人之间交流的一个小传统，其他文类如小说、散文的写作者之间，自印小册子相互交流则颇少见。独立印行、内部交流的诗歌小册子虽然不能跻身公共流通渠道，但对于写诗的人来说，却是必不可少的阶段性总结和与同行、友人交流的重要形式。编选的过程中，我充分体认到自己对诗歌认识的不足、才能的限度以及写诗在个人生活中的位置变化，同时，我又对自己满怀信心和期待，似乎已能够依稀辨明可能的、新的写作方向，并努力尝试一番。

2013年我拟定了一部长诗写作的计划，并着手开始写初稿，近两年间积累了相当多的诗歌素材。这中间又陆续写了不少长诗内容之外的诗，长诗还在继续修订中，而我逐渐有了编一本新作选的念头。虽带有正式出版第二本诗集的急迫感，但我更体会到自己整理诗歌时的收获，比照前后的写诗状态，步入中年内心的微妙转化，当年的意气风发和如今的平和笃定是如何影响了诗的面貌，以及自己对诗歌持续的信赖与热情又是怎样让我不断调整诗歌观并确认写作理想等。诗集编成后也发给朋友看，请他们提意见，在这个过程中，年轻的诗人、小说家和出版人黎幺向我约稿，希望出版一本我的诗和翻译诗的合集，而合集中我自己的诗最好都是未公开结集出版的新阶段作品。于是，我又重新开始编订，有了《云的拼图术》，作为郎朗书房策划的"镜诗系"中的一本。

这本选集大致按照诗作的写作时间排序，书名也按之前的习惯选择了其中一首诗的标题，似乎是偷懒的办法，也像是随大流，但于我自己，应该是未完成中的自然形态。有的时候诗人会等待诗歌到来，也有的时候我们主动寻找着诗歌。而每当略微回首，惊觉近来写得不多，甚至忙乱得连催发诗作的瞬间触动都越发变少的时候，我也会无比愧疚地检讨自己。写诗不仅需要客观上有一个安静从容的生活状态，同时也需要诗人更自觉地改造心性，磨砺感受力，并且通过不断反思与肯定，获得充分的精神驱动。

二

回顾自己最初接触诗歌的那一刻，似乎要追溯到我的童年时代。我出生在长江中下游平原的长江与南黄海交接之地，那里气候终年潮润，河流密织，植被丰富，在我童年生活的乡村，人口密集，亲戚邻里交往频繁，颇多礼数说法。当然，时代的风潮也伸延到那里，小时候，样板戏电影，带有政治口号的画报、招贴装饰在各户人家的门厅内，每天早中晚三次广播喇叭播送的地方节目也还相当丰富。似乎，我就是在这种氛围里慢慢自行学会了阅读，看小人书，听音乐以及收听广播里的学习节目（应该是马克思主义哲学类的节目）、评书、广播剧和家乡四季的气候常识，甚至包括科学种田的一些知识。这些大约是在学龄前发生的，因为没有人主动教你，也因为我从小就是个性格矛盾的孩子，极度腼腆、羞怯，怕见生人，不爱讲话，但时而又异常顽劣、野性且不受管束。我现在想象，那其实是一个过度封闭在自我世界里的孩子，不管是顽劣还是忧郁，不过是自我专注的两种形态。由于我矛盾的个性颇令母亲犯愁，也因父母忙于生计劳作而无暇照顾我，母亲找关系托人，在我五周岁时便送我到学校读书。

在童年和少年时代的教育和自我教育中，让我受益最大的，是家乡的自然景观和母亲对艺文戏曲的爱好。我愿意从早到晚和花草树木以及小昆虫小动物们共处，而不是和任何人，这种幼时养成的习惯与态度，也曾经一度在成年之后令我困扰，但似乎更让我安心于一位诗人必要的孤独感。大自然不仅是美最丰富的蕴藏，可以让我从容不迫有所发现并投入其中，也是能够叫我充分领悟生命之自由的场所。我熟悉故乡小屋周围的花花草草，树木鱼虫；我给所有的家禽、伴侣动物起了名字，跟它们呼朋引伴；当邻居老人来我家旁边的小河里垂钓，我能够整天陪着他，密切注意河面下鱼虾的动向。我童年的乡村是贫穷的，但在一个孩子眼中是个广阔的世界。母亲教我们姐妹唱歌，让我们爱上戏曲。

她还经常用自行车带着我，去几十里地外的村镇看露天电影和戏曲，比起其他小伙伴来，我的母亲在那贫瘠的时代以她对艺文的热情感染和教育了我。当我不期然中发现自己能够在跟小伙伴的游戏中"出口成章"，自编了一长串富有节奏感还押着尾韵的"儿歌"时，我惊愕于新奇的言语从我的口中自动喷涌而出的瞬间，那或许是缪斯初次向我显灵的时刻。人对美的觉知经常是在一些不经意的瞬间，记得戏曲电影《红楼梦》（越剧）在邻村的露天广场放映，母亲载我赶到时，广场上已经挤满了上千人，我们只好在最外围观看。母亲将我抱上自行车的后座并扶着我，我就站在后座上看完电影。当演到黛玉焚稿那一场时，我的泪水沿着脸颊一直淌着，因为站在自行车后座上，我不敢乱动，更不敢擦眼泪。那一刻，泪水使我分神，从电影中人的命运里分神，我意识到我在观看他人的故事。环顾四周，也是那一刻，我忽然发现，上千人的广场上鸦雀无声，那全体沉浸在艺术中的肃穆令我震撼。

当我写诗时，我便时常遇到这些让我震动、喜悦并充实的瞬间。当词语、句子从指尖下流淌，我甚至不敢轻易停下，生怕惊扰了接着到来的更多、更新奇的词句。中学时代，我迷上了现代诗，那时的阅读受限于生活环境，但也能够从老师同学那里借阅到诗集和杂志。最早买到的诗集是《普希金爱情诗选》，从小镇的新华书店，一本硬皮精装诗集。我读大学本科的时代正是朦胧诗为广大读者接受的时期，同时，也是新生代诗歌和诗人涌现的时期，高校里的文学社团里似乎以写诗为主。我保存了大学时代部分习作，现在读时，常觉幼稚，也感叹自己的写诗之路跟别人不同。我性格成熟得晚，虽好读书而总不求甚解，直到进入北京大学读研似乎才开窍。无论是思想的形成还是对诗歌技艺的领悟，求学北大改变了我的诗歌之路，那是1993年。

1990年代上半期，海子热持续，顾城杀妻自杀事件震动诗界，社会文化全面"转型"，当代诗歌正式出版物甚少，但当时正值壮年的一批诗人创造力勃发，被批评家称之为的"九十年代诗歌"显示了与前几代诗人在观念和面貌上的差异，而当年活跃在高校里视野开阔的青年诗人也勇猛地与前一代诗人进行了话语的对接。在北大中文系谢冕、洪子诚两位先生主持的"批评家周末"上，我结识了臧棣，读了他那篇有关"后朦胧诗"的长文，深深折服。在北大五四文学社，我结识了胡续冬、冷霜，通过他们我又陆续结识了周伟驰、雷武铃、王来雨、王敖以及在清华读书的姜涛、穆青等诗人。我不是个擅长交际的人，但在诗人朋友们中间令我放松。当时创刊不久的《偏移》还是非常简陋的打印装订本，我十分喜欢上面刊登的姜涛、冷霜和胡续冬的诗，为他们活跃的写作状态而感奋。1996年我硕士毕业，继续读博，师从洪子诚先生。

本科毕业（1989年）后，我曾经工作过两年，做中学语文教师。边工作，边写诗，而更多精力放在阅读上，部分原因来自我对自己（也许是大部分像我一样的同代人）成长背景的思考。除非生在大城市，且家境良好，我们这代在"文革"中出生的人童年和少年时代的基础教育是贫乏、薄弱的，喜爱文学，却从来没有在年少时期全面熟读古今中外的人文经典，直到进了大学，才有了补课的时机。因此，我在写作的不同阶段，经常有计划地进行系统阅读。大概由于不是自小就练出"童子功"，所以这种系统阅读于我，是需要反复进行且没有完成之时的。漫长、反复的阅读也锻炼了我的心性，对于如何成为一名诗人，怎样写出好诗这类问题我好像不是太感兴趣，或者说这类问题从没有特别困扰过我，因为我知道，这里面有一个不断学习的过程，而我一直思考的几乎总是为什么写作的问题。意识到自己具有写作才能，我相信，我是通过写作建立自我与世界（社会和他人）的关系的。

三

为什么写作？此时此刻，我不能像考生答题那样，直接给出明确的答案，因为像所有的诗人一样，我也是通过诗歌，通过持续的写作行为回答着这个问题。在回顾中，我能提供的或许只是对我自己具有决定意义的一些瞬间，这些瞬间或"严重的时刻"让我做出一些决定和选择，因而调整和改变了作为写作者的我的方向。

在某个瞬间，我觉知到性别话语如何成为我的问题，如何塑造了我的自我意识，如何在成长的不同阶段引发我的内心焦虑和精神危机；在另一个瞬间，我觉察到自己社会感的薄弱，现实如何形塑我的感知而我又如何必须通过写作构造了一个个文本现实，容纳别样的人物和风景，并确定自己在其中的处境；又某一个瞬间，催动我的忽然是"行动"一词，它让我意识到写作这个动作所延伸的更切身和自我指涉的涵义……比较而言，社会议题作为写作的素材和动力源可能吸引过一个时期的我；成为"同时代人"，寻求一种连带感也许催迫过我寻找"同类"或"知音"，或为尝试更复杂的关系性而明确了一种实践意识；"个人写作"的涵义也从"回到个人的写作"更多地倾向于"从个人出发的写作"，这个时代性的转化悄然发生着，我也曾一度受它困扰。

我曾面对一位前辈直接而好奇的追问——"为什么写作？"只记得我当时嗫嚅着回答："因为我有写作的天赋和才能。"询问者显然不满意我的回答，也许他还意识到了我完全是答非所问，或者，我的答案并不是问题的充要条件。当我跟朋友创办剧社，并尝试登台表演，另一位前辈用一种鼓励的口吻对我说："周瓒，你要知道，你就是被选中的那个人！"我将信将疑，尽量使目光坚定，步履从容，是的，我似乎没有被挤满剧场的观众吓坏，并能够硬着头皮在舞台上说出台词……伟大的戏剧在继续，正如生活在继续，写作继续，那些困惑也继续着。

在这篇后记中，当我梳理了大致的写作经历，稍微触及最初与诗歌相处的甜蜜之后，我固执地发现，我并不愿意在此时长驱直入于回忆。似乎我还没有遇到那个瞬间，没有接近一扇门，一扇通向过去的未来之门。也许，我依然愿意感受诗的急迫性，催促我轻盈、灵敏地一跃。

感谢广西人民出版社，感谢责任编辑吴小龙，入选"大雅诗丛"，是我的荣幸，不仅让我回顾总结了之前的写作，还使我又一次体认作为诗人的责任与写作的动力源。

2017年5月

图书在版编目（CIP）数据

哪吒的另一重生活 / 周瓒著.—南宁：广西人民出版社，2017.11
（大雅诗丛）
ISBN 978-7-219-10419-4

Ⅰ.①哪… Ⅱ.①周… Ⅲ.①诗集-中国-当代 Ⅳ.①I227

中国版本图书馆CIP数据核字（2017）第242713号

哪吒的另一重生活
周瓒 / 著

出 版 人　温六零
监　　制　白竹林
责任编辑　吴小龙　许晓琰
责任校对　张莉聆　陈　威
整体设计　刘　凛（广大迅风艺术）
肖像作者　黄　荣（《塔社》阿非工作室）

出版发行　广西人民出版社
社　　址　广西南宁市桂春路6号
邮　　编　530028
印　　刷　恒美印务（广州）有限公司
开　　本　880mm×1230mm　1/32
印　　张　7.25
字　　数　175千字
版　　次　2017年11月　第1版
印　　次　2017年11月　第1次印刷
书　　号　ISBN 978-7-219-10419-4
定　　价　38.00元

版权所有　翻印必究